## Prolog: Flieg Vöglein flieg, flieg Vöglein bitte flieg

… ich sehe noch einmal zurück auf das umgedrehte Autowrack, ein letztes Mal, dann werde ich mich umdrehen und diesen Abschnitt meines Lebens, so gut es geht, vergessen. Reue verspüre ich jedoch keine. Ich stehe hier, voller Blut, Dreck und Schweiß und frage mich rückblickend: Was ist überhaupt meine Stellung in dieser Welt? Verwirrt, nicht verängstigt, auch nicht unsicher – es kommt mir alles so surreal vor – schnüre ich meinen Rucksack und laufe los. Wieder mal denke ich daran, wie dieser Wahnsinn begann. In einer kleinen Stadt, einem noch kleineren Schuppen, so viele hunderte Kilometer von hier entfernt. Da entstand diese Idee, die Idee der Vögel, frei sein wie ein Vogel. Und mit etwas besseren Gedanken und zittrigen Knien mache ich mich auf den Weg, die Straße entlang.

Ich, unscheinbar, stumpf, kompliziert, nicht immer umgänglich. Na ja ich. Und ein total verrückter Vogel. Tja man sollte meinen, dass ich meine Pubertät durchhabe, aber nein, ich habe keine Ahnung wer ich bin, wohin ich gehöre und was ich will. Ich weiß nur: In meiner Umgebung fühle ich mich sau unwohl. Man bildet es sich vielleicht ein, dass man der Einzige ist, der mit seinem Leben noch nicht ganz so klarkommt und möglicherweise geht es vielen so ähnlich wie mir, naja eben ähnlich, aber nicht genauso. So ist das nun mal. Und ehrlich gesagt habe ich am meisten Schiss, dass – egal was in meinem Leben auch abgeht – ich niemals checke, was genau mein Leben ausmacht. Auch wenn ich mal Familie, Haus, Hund, Job blablabla haben sollte, fürchte ich mich davor, dass ich selbst an diesem Punkt, wo man doch als normaler Mensch, was auch immer das sein soll, glücklich ist, immer noch nicht so richtig happy bin und das wäre schon echt scheiße.

Nun gut, was soll ich tun, ich klammere mich an die Vorstellung, dass ich vielleicht, obwohl ich das noch nie von jemandem gehört habe, ein Talent für das Schreiben habe, aber das ist mehr so'ne Hoffnung. Trage diese Kladde bei mir, fast die ganze Zeit. Viele Leute finden das ziemlich schräg. Finde ich selber übrigens auch. Aber das grüne Ding hier gibt mir irgendwie Halt. Ich habe eine Antwort, wenn man mich danach fragt, was ich damit mache oder wie ich meine Freizeit verbringe. Da hebe ich immer diese grüne Kladde. Hier landet alles drin. Jede absurde Idee. Alle möglichen Zeichnungen, Bilder, Gedichte, sogar Liedtexte. Ich wüsste aber auch nicht, was ich tun sollte, wenn das Ding voll ist. Auch wenn's momentan noch lang nicht danach aussieht. Denn ich habe wohl eine der kleinsten Handschriften unserer Schule. Diesen Text hier, nur mal als kleine Info für meine „Scharen" an zukünftigen Lesern, schreibe ich auch gerade in meine Kladde.

Fein, nun noch etwas zu meiner Person. Ich gehe auf die allergrößte Schule im Umkreis von hundert Kilometern, okay so genau weiß ich das auch nicht, aber hier können echt in der Nähe nicht noch so viele auf eine Schule gehen, ich kann mir bereits nicht erklären, wo all diese Massen an Schülern von unserer Schule herkommen. Mit an die dreitausend Schülern, da bin ich wirklich eine Ameise. Was ich aber auch wäre, wenn ich auf eine Schule mit knapp zweihundert Schülern ginge, das spielt keine Rolle. Nur soviel: Die Lehrer würden es wahrscheinlich nicht einmal merken, wenn ich plötzlich gestorben wäre und würden ihren Unterricht mit der gleichen Demotivation locker weiter durchziehen. Tja mein Leben. Ich will mich nicht ausheulen oder mich beschweren, aber Bombe ist es auch nicht grade. Ich kann schon sagen, auf diesem Planeten ist echt viel nicht in Ordnung. Was soll man machen. Aber naja, ich habe meine Hoffnung in der Hand und dafür keine Eier in der Hose. Was ich hier schreibe ist die erste richtige Motivation was Längeres aufzuschreiben. Ich wusste schon immer dass mir nur so was wie ein Schubser gefehlt hat, um endlich was Vernünftiges in diese doofe Kladde zu schreiben. Ein kleiner Schubser aus der Haustür.

Mich schubste vor kurzem ein Junge: Jonny.

## 1 Der Neue

Er kam vor nicht allzu langer Zeit in unsere Klasse. An sich ein Tag wie jeder andere, der dann für mich zu etwas Besonderem wurde.

Schon seit Ewigkeiten, so kam es mir vor, quatschte der Alte an der Tafel ununterbrochen und es war immer dasselbe. Dann machte er noch eine Ankündigung. Er sagte: „Wir bekommen einen neuen Schüler!" Sodann kam er rein und der Lehrer stellte ihn der Klasse vor. Jonny war groß, mit unendlich blauen Augen. Er kam rein und ich weiß nicht, vielleicht ging es nur mir so, aber er strahlte direkt irgendetwas aus. Jonny gab einem, zumindest mir, direkt dieses Gefühl der Autorität. Und von diesem Augenblick an wusste ich, dass dieser interessante Mensch aus meinem Leben nicht mehr wegzudenken sein würde. Endlich wieder Stoff für meine Kladde.

Ich wollte ihn nicht bedrängen oder so, aber ich hing ihm an den Lippen und leider auch an den Fersen, was ihn aber nicht zu stören schien. Jonny scharte Freunde um sich. Machte sich schnell einen Namen bei uns an der Schule. Viele wollten mit ihm zu tun haben. Und er wurde relativ schnell zu einem der bekanntesten und beliebtesten Jungs der

Schule. Außenseiter, Nerds, Emos, Punker und die, die scheinbar ganz normal waren, aus all denen baute sich dann unsere Clique zusammen. Es kam mir nur gar nicht mehr vor wie eine der lausigen Freundschaftsgruppen, wie jene, in die ich nie rein wollte, weil die doch nur Gruppenzwang bedeuten würden. Es kam mir mehr vor wie eine Einheit, eine glückliche Einheit ohne Regeln, aber mit einem imaginären Kodex, den es nicht zu verraten galt und der nicht verraten wurde.

Wir trafen uns oft. Es war kein Problem dazuzugehören, hier war irgendwie jeder willkommen. Jonny scharte all die Außenseiter um sich und nahm sie auf, gab ihnen Freunde, Geborgenheit und das Gefühl dazuzugehören und weil wir so viele waren funktionierte es, wir gingen es gleich richtig an. Es kamen alle zu uns, die in ihrer Klasse nicht angenommen wurden, doch wir waren dennoch keine Außenseitertruppe. Bei uns gab es alle Menschentypen – schüchtern, laut, ruhig, wild, die Ängstlichen und Mutigen – und alle waren sie immer willkommen. Egal wie verschieden, eines verband sie alle, ihre Begeisterung für unseren indirekten Anführer. Und ihre

Sehnsucht fair und tolerant behandelt zu werden. Ohne Mobbing, Missachtung und vor allem Gruppenzwang. Das machte uns aus. Es funktionierte natürlich nicht perfekt. Aber bei uns konnte sich fast jeder wohl fühlen.

… und Gott, ach der Junge, der sowieso. Er setzte die Flasche wieder an. Dann gab er sie weiter. „Ich hasse die Kirche, wisst ihr. Ich hasse diese Hurenböcke einfach. Als mein … mein Paps, möge er ewig in der Hölle schmoren, mich ins Heim geschickt hat, kam der Pfarrer zu mir, wollte mich sprechen und so. Doch ich hab ihn genau verstanden, er wollte nichts weiter als mir sagen, dass ich … ähm … ich schuld bin. Doch eins könnt ihr mir glauben Jungs: Man kann als Mensch nie was dafür, wie man ist. Die Welt hat uns zu dem gemacht, was wir sind, nicht wir. Gott ist Schuld, aber nicht er allein, nicht er hat die Welt zu dem gemacht, was sie ist. Sondern wir. Wo is'n jetzt diese verdammte Flasche?" Aus der Ecke des Schuppens warf ihm jemand ein Bier zu. „Danke Dean, oda wer auch immer du bist", sagte Jonny. „Also denkt immer dran: Ihr könnt nichts dafür wie ihr seid. Ihr seid die Allerletzten, die an dem

Schuld haben, was ihr tut."

„Und als du weggelaufen bist, warst du da nicht schuld?", traute Mark sich zu fragen, der Jonny und mir gegenübersaß. „Wofür denn Schuld?", erwiderte Jonny streng, aber nicht böse. „Was soll ich denn bitte falsch gemacht haben, hä? Ich wollte in die Freiheit, ist das etwa zuviel verlangt?" Nach einer kurzen Pause setzte er nach: „Und ich schwöre dir, ich werde in die Freiheit kommen! Wisst ihr, alles Glück, alles Leid, alles Schöne und Gute, die Liebe – sofern man daran glaubt –, all das is vergänglich und nich von Dauer, aber hey, hehe, nur die Freiheit nich, sie währt ewig. Denn wenn ich nämlich sterbe, als freier Mann, werde ich auf ewig frei sein." Er lachte. „Zwar tot, aber frei! Ich fühle immer noch so einen prickelnden Duft in meiner Nase und fühle mich wie berauscht, wenn ich einen neuen Ort sehe, wenn ich anderes sehe, was ich noch nie vorher sah. Ich spüre die Freiheit in meinem Kopf und fühle mich ganz wie berauscht. So als hätte ich ein paar Flügel. Wenn ich das Meer, Blumen, eine große Stadt sehe, neue Mädchen kennenlerne, Erfahrungen sammle, es ist nicht der Alkohol, der mich fliegen lässt, nein, es ist die Möglichkeit, alles zu tun und dennoch niemandem zu schaden. Das wollte ich und das wollten meine dreckigen Eltern nich. Einfach mein eigenes Glück suchen, ist das denn zuviel verlangt? Vergesst das nicht", sagte er und holte Tabak und Papier raus und drehte sich eine Zigarette. „Ich liebe jeden einzelnen von euch, hähähä."

Die Leute in dem geräumigen Schuppen sahen ihm hinterher, als er zur Tür ging und sie auftrat. Er drehte sich noch einmal mit einem abschätzigen Blick zu uns um und ging dann nach draußen. Dann sagte Dean: „Schätze, Jonny hatte ein Bier zuviel." Alle lachten außer mir und Mark. „Komm wir gucken mal besser, dass er nichts kaputtmacht", sagte ich zu Mark und wir gingen vor die Tür.

Da stand er und rauchte eine Zigarette nach der anderen. „Na Leute", sagte er, als er uns sah. Schnell drehte er sich um und legte die Hände auf unsere Schultern. „Ihr versteht mich doch, oder?" Er sah uns mit diesem durchdringenden Blick aus seinen strahlend blauen Augen an. Dieser Blick, der jede Lüge sofort zerschneiden würde. Seine kräftigen

Hände auf meiner Schulter, sein Blick in meinen Augen. Und dann sagte ich ganz ehrlich und sah ihm dabei in die Augen: „Ja Jonny, ich verstehe dich, ja das tue ich wirklich." Ich frage mich, ob ich nicht doch gelogen habe. „Darfst du überhaupt noch raus am Wochenende?", fragte Mark. „Ich?", antwortete Jonny. „Bist du bekloppt haha, die suchen schon den ganzen Ort nach mir ab. Ich hoffe, dass der Pfarrer mich findet. Wenn ich noch ein bisschen trinke, werde ich vielleicht so behindert, dass ich den alten Wichser verdresche."

Und der Pfarrer kam. Doch Jonny war anscheinend doch nicht komplett dicht. Er ballte seine Faust, als er ihn sah, doch dann meinte er: „Nee, hehe, nee so verrückt bin ja nich mal ich." „Na Alter", sagte er, als er den Pfarrer sah, „willst'n Bier?" „Komm sofort mit", der Pfarrer packte ihn an der Schulter und zehrte ihn mit. „Macht's gut Jungs", rief Jonny noch, als er in der Dunkelheit auf dem gerodeten Maisfeld verschwand, an dessen Rand der Schuppen stand, in dem wir uns am Wochenende trafen und einfach mal abschalten konnten. Der Pfarrer schimpfte ihn

an: „Was würden deine armen Eltern denken!"
Er antwortete: „Die haben aufgehört sich für
mich zu interessieren, als sie mich weggaben."
Bittere Pille, dachte ich damals. Er sprach
zwar viel über sich, aber seine Eltern hielt er
doch unter Verschluss.

## 2 Die erste Sünde

Eines nachts streiften wir wieder mal durch die
Stadt, jeder von uns stockbesoffen, nicht mehr
in der Lage ein Stoppschild von einer roten
Ampel zu unterscheiden, außer Jonny, er
schien noch ziemlich munter zu sein. „Da sind
wir, Freunde", dröhnte er laut und drehte sich
um. „Das hier ist unsere Mission für diese
Nacht. Er zeigte mit der Hand auf die große
Stadtkirche. „Was … was? Jonny spinnst du?",
lallte Mark. „I … ich …" „Ach komm, Mark",
unterbrach ihn Jonny mit seiner gebietenden
dunklen Stimme, „das is doch nun wirklich ein
Spaziergang." Er nahm einen Stein in die
Hand und hielt ihn wurfbereit. „Jonny", sagte
ich, er hielt inne, „jeder wird wissen, dass du

es warst." Er lachte: „Hehe. Ich weiß!" Und er schmiss den Stein gerade auf das große Kirchenfenster zu, es knallte, die Scheibe klirrte und Jonny lachte umso lauter: „VERDAMMTE HURENBÖCKE, DAS HABT IHR DAVON, DASS IHR EINEM WAHREN GUTEN GOTT NIE TREU WART!" Wahnsinnig lachend rannte er auf die Kirche los, sprang durch das zerbrochene Fenster hinein und war im Innern.

Über eine halbe Stunde lang wütete er noch in der Kirche, bis er von dem Förster und dem Pfarrer herausgezerrt wurde. Die Polizei war auch vor Ort, Jonnys erste Schlagzeile im Morgenblatt, seine erste Straftat. Eine Woche Jugendarrestzelle, Sozialstunden und Klassenkonferenzen und vor allem: keine Spur von Besserung! Ihm schien das alles unglaublich am Arsch vorbeizugehen. Und nicht nur das, wie alles, fand er es witzig.

„Sie wollten mich zu Sozialarbeitsstunden verhauen, aber ich sagte denen, das können die vergessen, nicht für die Kirche, nicht für diesen Pfarrer und garantiert nicht für diesen Gott", sagte er mit Verachtung in der Stimme, als wir vor dem Schulgebäude standen. „Verdammte Hurenböcke". Wir gingen die Straße in Richtung Bahnhof hoch. Wir wollten ihn noch ein Stück begleiten. Immerhin hatten wir ihn drei Wochen lang nicht gesehen. Vor dem Bahnhof hielt er ruckartig inne, wiedermal fuhr ein Zug ab. Er sah ihm hinterher. „Frei", flüsterte er so leise, dass wir es kaum hörten. „Frei müsste man sein, endlich weg hier. Mann, ich würde so gerne gehen. Versteht ihr? Einfach weggehen. Ganz stumpf den Rucksack schnallen und los, einfach loslaufen, auf in die Welt. Man weiß nich was kommt, aber man weiß, man tut, was man für richtig hält."

Als ich ihn da so sah, von seiner Sache absolut überzeugt, wusste ich: Diesem Jungen will ich überall hin folgen. Er soll mich bis zum Ende führen, denn seine Ideale sind meine und er denkt wie ich. Wie ein Bruder und noch mehr für mich.

# 3 Flucht und Feuer

Einer meiner Freunde wurde als Strafmaßnahme an eine andere Schule versetzt. Ausgerechnet Dean, mit dem ich mich doch von allen in den Pausen am besten verstand. Der einem immer zuhörte und jedem das Gefühl gab, etwas Besonderes zu sein. Auf ihm konnte man immer rumhacken, er war immer cool drauf und verzieh einem jeden Scherz, war er auch noch so geschmacklos. Als wir uns heute Abend alle trafen, kam er nicht. Er war bestimmt todtraurig. Einer von Jonny's besten Freunden und Bewunderern. Ich haute heute Abend auch früh ab, ich war müde und nach feiern war mir nicht zumute, wo doch einer meiner besten Kumpel nicht länger in meine Parallelklasse gehen würde und wir ihn nicht mehr andauernd sehen könnten.

Also lag ich bei mir Zuhause auf dem Bett, während unsere Gang gerade ein Wetttrinken veranstaltete. Ich dachte nach, tief in mich gekehrt ließ ich den heutigen Tag Revue passieren. Alle Geschehnisse spielten sich wie ein Film nochmal in meinem Kopf ab. Das pflege ich immer so zu tun, bevor ich dann zum Stift greife und alles niederschreibe. Das Schreiben hielt mich glücklich. Es hielt mich bei Laune. Da hörte ich von draußen: „Wadde Krisi, ich hol ihn eben raus und dann geht's los." Das war unverkennbar Jonny's Stimme und die siebzehn- oder achtzehnjährige Kristen antwortete: „Ok, aber beeil dich." „Jaja, is ja gut", war die Antwort. Ich hörte es klingeln, meine Eltern öffneten. „Heey, is er da?", hörte ich Jonny. Dann wurde eine Tür geschlossen und ich verstand die Stimmen nicht mehr laut genug, um das Gesagte zu hören. Ich war gerade etwas langsam und wartete einfach erst mal auf meinem Stuhl.

Nach einigen Minuten klopfte es an meiner Zimmertür und Jonny donnerte hinein, „Na Kleiner, Zeit zu gehen, was!?" Er hielt meine Jacke in der Hand und warf sie mir zu. „W-wie hast du meine Eltern …" „Ich habe ihnen gesagt, sie werden dringend bei der Schule verlangt, Unfall und so und müssten sofort los, doch die Lüge wird gleich platzen, dein Alter ruft grade bei der Schule an, er scheint mir irgendwie nich so zu vertrauen, komisch versteh ich gar nicht", gluckste er. „Also, jedenfalls, wir müssen durch die Hintertür raus, es gibt doch eine, oder?" Er sprach so beiläufig mit mir, als spräche er gerade über nichts weiter als das Wetter. Ich nickte. „Also beeil dich, hol alles, was du unbedingt brauchst, zusammen und komm her." Ich war überrumpelt, ich sah ihn, wie er da stand und wohl anscheinend nicht einen Moment an meiner Entschlossenheit zweifelte. Doch ich ich zweifelte, ich wollte den Mund aufmachen und etwas sagen, doch ich wusste genau, wenn er mir etwas anmerken würde, würde er mich nicht mehr mitnehmen. Jetzt war die Frage, was ich wirklich wollte. Ob ich Stunden Zeit hätte oder nur wenige Sekunden wie jetzt, um eine Entscheidung zu treffen, so dachte ich mir, es wäre gleich, denn man denkt doch sowieso immer dasselbe nur noch komplexer und verstrickter, also entschied ich mich, noch oft, so wusste ich, würde ich mich fragen, war dies richtig?

„Komm", setzte er nochmal nach. Ein leicht misstrauischer, fragender Blick trat in seine Augen. „Oder stimmt was nicht?" Ich verneinte ganz baff, nahm den Rest meines wenigen Ersparten, eine dicke Jacke und eine zweite Hose, zwei Shirts und ein Hemd. Auf dem Weg nach unten lief ich am Bad vorbei und nahm meine Zahnbürste mit. Irgendwie kam mir alles so surreal vor, fast schon als wäre das Bild vor meinen Augen verschwommen, jeder Handgriff war wie im Traum, *geschah das hier grade echt?* „Los, los, komm jetzt, keine Zeit mehr zu verlieren", sagte Jonny. Wir liefen die Treppe hinunter, als die Tür zum Flur aufgerissen wurde. Mein Vater ging wutentbrannt auf uns zu: „Sohn, komm her", rief er noch. „Oh Kacke", meinte Jonny, drehte sich auf dem Absatz um und rannte, mich mit sich ziehend, zurück in mein Zimmer. „Komm wir müssen aus dem Fenster springen bevor der Alte unseren Skalp ins Wohnzimmer nageln kann, ahu, ahu", lachte er, als er die Tür mit meinem Schreibtischstuhl verkeilte und den Tisch davor wuchtete. „Mach die Tür auf", schrie mein Vater von außen und trommelte mit den Fäusten gegen das dünne Glas. Seine Stimme klang außer sich vor Zorn und Jonny lachte nur. Dann wurde er immer wütender, noch während wir das Fenster öffneten, rammte er mit geballter Kraft und einem lauten Schrei auf den Lippen gegen das Glas, das sofort brach, er räumte Tisch und Stuhl aus dem Weg, ich saß währenddessen nur auf dem Fenstersims und beobachtete seine so ungekannten brutalen Handlungen. Ich sah ihn und ich kannte ihn, aber er verhielt sich, wie ich es noch nie sah. „Bist du Irre spring", schrie Jonny und gab mir einen leichten Schubser, ich konnte meinen Sturz kontrollieren und landete auf dem Busch unterhalb meines Fensters.

Jonny wollte mir nachsetzen, mein Vater hielt ihn fest, Jonny stieß ihn weg. Mein Vater schrie laut und schrill, wie im Wahn: „NEEEEIN, DU NIMMST MIR MEINEN SOHN NICHT WEG!", als er ihm nachsetze. Jonny sprang, doch mein Vater hielt ihn an seiner Jacke fest. Durch sein Gewicht riss der Ärmel der Jacke ab. Jonny landete im Rasen, rappelte sich auf, wir rannten auf das Auto zu, schlugen die Türen zu, starteten und fuhren los. Ich konnte meinen Vater noch meinen Namen schreien hören und – vielleicht habe ich es mir nur eingebildet – ein Schluchzen meiner Mutter.

Da fuhren wir dahin, die kleinen Straßen unserer Stadt. „Auf Nimmerwiedersehen", sagte Jonny. „Wisst ihr eigentlich, wem dieses schmucke Auto gehört?", fragte er. „Unserem lieben Pfarrer", beantwortete er selbst. „Wo fährst du eigentlich lang?", fragte Kristen. „Muss noch was erledigen", meinte er. Sie verdrehte die Augen. Kurz vor der Kirche, die jetzt in den Nächten häufig abwechselnd von dem Pfarrer, dem Förster und einigen der Lehrer bewacht wurde, sagte er „Ah, unser lieber Pfarrer hat heute mal wieder Aufsicht." Er grinste hämisch. Ich merkte es schon, heute konnte ihn wohl nichts bremsen. Ich war im Moment noch zu sehr mit den Gedanken bei meinen Eltern, doch das sollte schnell vergehen. Jonny trat auf's Gas und machte das Fernlicht an, der Pfarrer wurde geblendet und wich dem heranfahrenden Auto aus. Er fuhr direkt auf die Kirchentür zu, Kristen und ich schrien, Jonny lachte, er fuhr direkt durch die Tür der Kirche, Holz splitterte, sein lautes Gelächter ertönte. „Ich glaube mein Führerschein is grade abgelaufen … och unser Markie wacht auch langsam wieder auf."

Erst jetzt fiel mir auf, dass Mark auf dem Rücksitz neben Kristen lag, seinen Kopf in ihrem Schoß, er schlief tief und fest, bis jetzt. „Wa-was, was is'n nu?" „Hihi, gute Methode, um geweckt zu werden", meinte Jonny. „Bist du komplett bescheuert, du Spasti?", schrie Kristen. „Hehe, ja", war Jonnys Antwort. „Wartet kurz", sagte er. „Bin gleich zurück." Er ging um das Auto herum, nachdem er sich aus dem Spalt zwischen Tür und Kirchenmauer gedrängt hatte, öffnete dann den Kofferraum und holte eine Flache Hochprozentigen und eine Axt heraus, stieg über das Autodach und ging dann gemächlich in die Kirche. Er nickte mir noch zu und machte eine theatralische, einladende Geste. Ich stieg aus. Letztes Mal war ich nicht dabei, heute komme ich mit. Da stand er und lachte, nahm tiefe Schlücke aus der Flasche und lachte einfach nur. Mit seiner linken Hand hielt er die Axt und zerschmetterte alles, was ihr nachgab. Stühle, das Podium, Bänke und Tische splitterten und zerbrachen unter der Wucht, dann schmiss er die Flasche auf den Boden, die zerbrach, und drehte sich um, ging auf den großen Jesus zu und köpfte ihn mit einem Hieb. Dessen Haupt rollte mir vor die

Füße und sah mich klagend an. Jonny stieg über die zerbrochene Flasche und die Alkoholpfütze, die sich verteilte, nahm sein Feuerzeug und warf es über die Schulter. Die Pfütze entzündete sich sofort und steckte direkt den Teppich mit in Brand, woraufhin das Inferno seinen Lauf nahm. Und ich sah zu! Er ging mit langsamen Schritten an mir vorbei. „Zeit zu gehen, mein Junge." Ich sah auf den Schädel mit der Dornenkrone. Jonny folgte meinem Blick. „Was is?", fragte er behutsam. „Ich nehme ihn mit", sagte ich langsam. Dafür wurde Jesus also ans Kreuz genagelt, um sein Andenken geköpft verbrennen zu lassen. Ich dachte mir, nein, da sollte Jesus nicht liegen.

Noch als wir Kilometer von der Stadt entfernt waren, sahen wir das Feuer. Jonny hielt auf einer Anhöhe einen Moment an. Es war ein beeindruckendes Schauspiel. Das Inferno stach in die Nacht. Und mir war nun klar, was das war. Es war ein Symbol! Ein Symbol der Freiheit. Welch eine Ironie, Freiheit und Jesus Kopf in meinem Schoß. Er lächelte mich ganz ausgelassen an (nachdem wir ihn mit schwarzem Filzstift verziert hatten) und ich ließ ein bisschen Humor zu und dachte, der fand's bestimmt auch nicht so toll, Tag für Tag da rumzuhängen. Dies sollte der Tag sein, an dem wir aufbrachen, eine Reise ins Unbekannte. Wir waren alle ungläubig, zumindest gegenüber der Kirche, wir haben ein Exempel statuiert. Das besagt: Wir sind nicht dumm! Wir sind alle gleich! Und wir wollen unser eigenes Leben leben. Wir haben alle das gleiche Recht!

Wir fuhren immer weiter, es vergingen an die fünf Stunden. Es war bereits Dunkel, als Jonny anhielt und sagte: „Hier bleiben wir über Nacht." Wir waren auf einer Torfstraße irgendwo auf dem Land, weit abseits von der Stadt. „Hier werden sie uns nicht finden", sagte ich. „Eben", bestätigte Jonny das Gesagte unter seiner Mütze hervor, die tief ins Gesicht gezogen war. „Nun denn Leute: endlich frei!" Ich kuschelte mich unter meine Jacke zusammen, die zum Glück groß und wärmend war. Irgendwie fühlte ich mich hier ein bisschen sicher, ein bisschen beschützt vor all dem, was uns erwartet, was kommen wird. Da waren wir also. Endlich frei! Ist das wahr, sind wir frei? Wir haben ein Auto geklaut und die Meute ist vielleicht schon hinter uns, welche Strafe auch immer, wir würden sie überstehen, wir gelten noch als minderjährig, man kann uns nicht allzu viel anhaben. Das hoffe ich, darauf baue ich.


## 4 Unterwegs


Ein Traum von so vielen. Einfach frei, egal wohin. Einfach so spontan alles können, alles lernen, unabhängig, solange bis man aufwacht! Und noch schlimmer war, wer uns weckte.

„EY!", es war der Pfarrer, der uns weckte, er schlug und trommelte gegen die Tür. „Ihr Verbrecher, ich bring euch allesamt in den Knast. Gebt mir meinen Wagen wieder." Offenbar wollte er Jonny nicht davonkommen lassen und hatte die ganze Nacht nach uns gesucht. Ich konnte einen anderen Wagen sehen, den er sich wohl geliehen haben musste. „DAFÜR KOMMST DU IN DEN KNAST!", schrie er aus Leibeskräften. Jonny packte die Axt vom Rücksitz gerade als der Pfarrer es schaffte die Tür aufzubrechen.

Bevor er weiter handeln konnte, versetzte Jonny ihm einen Schlag mit seinem Ellbogen in den Bauch. Der Mann stöhnte auf. Jonny schubste ihn weg, stieg aus dem Auto aus und hieb mit der Axt nach ihm. Der Pfarrer wich aus, die Axt sirrte auf den Boden und prallte hart auf. Jonnys Arme bebten. Er hielt sich die Elle und ächzte. Der Pfarrer schrie: „JETZT MACH ICH DICH FERTIG!", nahm Jonnys Kopf und schlug ihn gegen die Autotür. „DA UND DA!" Ein Moment der Benommenheit, dann wirbelte Jonny herum mit dem Axtschaft, dessen Klinge abgebrochen war, und riss mit dem Holz tiefe Wunden in das Gesicht des Pfarrers, trat ihm in den Bauch, stieg wieder ein und fuhr los.

„Verdammter Irrer", sagte er nach einigen Kilometern. Krisi lachte nur. „Ich will nicht wissen wie lang es dauert bis du deine erste Leiche auf dem Gewissen hast", meinte sie. „Gar nicht", erwiderte er, „weil ich kein Gewissen habe." Nach dreißig Kilometern hielt er an, stieg aus, nahm den Benzinkanister aus dem Kofferraum und füllte den Tank bis obenhin und dann ging's weiter. „Ich will heute so weit wie möglich weg von diesem

Kaff, ich hör erst auf zu fahren, wenn der Tank alle ist." „Grandioser Plan", sagte Kristen, „und wenn das nun mitten in der Pampa ist wo wir weder Essen noch Wasser haben?" „Dann läuft unser guter Mark hier los und holt Nachschub", lachte Jonny. So ging es den ganzen Tag. Wir hielten nach drei Stunden an einem Supermarkt, Mark und ich gingen rein und kauften ein Zelt und Matratzen. Nach fünf weiteren Stunden verlangte Krisi nach einer Pinkelpause. „Hätten wir sie bloß nicht mitgenommen", erwiderte Jonny darauf und trat unweigerlich weiter auf's Gas. Das waren diese Momente, in denen ich immer lachen musste, Jonny war teilweise so unbesonnen und kindlich, niedlich übermütig, unter anderem gefiel mir genau das so an ihm. In Augenblicken wie diesem war es einfach nur witzig mit den dreien und ich vergaß die ganze Umgebung, die merkwürdigen Umstände und dass es Leute gab, die bereits jetzt nach uns suchten. Auch was wir getan haben, das vergaß ich.

Ihr fragt euch sicherlich, wie ich mit so einem Haufen halbstarker Irrer losziehen kann, es ist wie eine Droge, sie halten mich bei Laune.

Außerdem bin ich genauso ein Halbstarker wie meine Mitverschwörer, der Unterschied ist nur: Ich schreibe alles auf. Würde ein anderer hinschreiben, was er in diesen Momenten denkt, wäre er der Vernünftige und nicht ich. Dann wäre ich einer der Verrückten, denn ich glaube, wer geistig gesund ist, ist niemals verrückt, wenn wir uns nur mit demjenigen auseinandersetzen, werden dessen Gedanken irgendwann sicherlich ganz offensichtlich und klingen total logisch. Und so war es bei mir und diesen drei „Verrückten".

„Der Tank ist leer, wie versprochen, genau in der Pampa." Kristen verdrehte die Augen, wie sie es immer tat, wenn sie mal wieder zeigen wollte, dass das die fünf Minuten sind in denen sie uns mal wieder hasst. Das kennen wir schon und man gewöhnt sich dran. Um uns herum ein Feld, eine huckelige Landstraße und ein paar Schweine, die auf dem Feld schliefen. „Na super", sagte Mark. „Kommt, wir bauen das Zelt auf, mal sehen, ob auch soviel Komfort drin ist, wie draufsteht." Ich fühlte mich zwar etwas unwohl unter meinen Mitfahrern, aber es war trotzdem total schön. Und alles in allem fühlte ich mich nie im

Leben in einer Gruppe wohler. Drei Tage waren wir unterwegs und schliefen im Zelt. Mal auf einem Acker, mal auf einer Wiese, mal in einem Wald, doch unsere Laune war ungebrochen, weil wir frei waren und vor allem, weil wir uns auch so fühlten. „Befreit von diesem einengenden beschissenen System, meine Freunde", sagte Jonny am vierten Abend, als wir an der Grenze einer Stadt ankamen. „Leute, ich hab mich erkundigt, heute erwartet uns eine Übernachtung erster Klasse mit, wenn ich nich irre, fünf Sternen," sagte Jonny. „Ich glaube, es sollte mal'n anderer ans Steuer, ich bin langsam zu dicht." Schon den ganzen Tag rauchte er eine Zigarette nach der anderen. Und ich glaubte nicht, dass das klarer Tabak war, den er da rein drehte. „Was meint ihr, hat der Pfarrer es aufgegeben?", fragte Mark in den Raum hinein. „Na ich hoffe doch nich", lachte Jonny als Antwort. „Ohne ihn wird's noch langweilig … und das wollen wir doch nicht", holte er nach, mit mitleidiger Stimme.

Wir kamen zu einer Ferienhütte am Stadtrand. „Jetzt muss sie nur noch leer sein", flüsterte Jonny. Er überließ Krisi das Steuer und ging mit Mark zur Hütte hoch, die von Bäumen und hohem Gras umgeben in der Dunkelheit, so hochgelegen, sehr eindrucksvoll auf das Auge wirkte. Nach fünf Minuten winkte Jonny. Dann machten wir es uns in der geräumigen Hütte gemütlich, Mark hatte die Tür sauber aufgebrochen, sodass wir sie von innen wieder verschließen konnten. Wenn er etwas konnte, dann Schlösser knacken. Jonny und Krisi schliefen zusammen in einem Raum, ich in einem Einzelzimmer und Mark auf der Couch. Wir blieben lange auf. Krisi mixte uns was und Jonny drehte die Joints. Jonny lachte zwischendurch während seines Tuns: „Jonny dreht die Jonnys, Wortspiel." Nach einigen Stunden Hingabe an den Alkohol und das Gras war unsere Laune nicht mehr zu bändigen. Jonny fing wieder an zu philosophieren, Mark fing an zu singen, Krisi lachte einfach nur blöde vor sich her und ich dachte mir Gedichte aus und summte eine Melodie zu ihnen, unsere herrliche Harmonie. Das ist eine Art Routine, jeder weiß, wie sich der andere benimmt, wenn wir nen Jonny in die Runde gehen lassen. Zusammen, Jonny und ich, schrieben wir dann ein Gedicht. Wir beide dachten, ich schrieb auf. Jonny sang auch gerne.

Dann stand er auf und trug es vor:

Hier bin ich nun
schwitze Asche
atme Staub
bin so weit weg von Zuhaus

Lebe dieses Leben
hab das Gefühl, es ist und es gibt nichts mit
Wert
such nach der Freiheit
such nach meinem eigenem Oben und Unten
suche alles, suche nichts
habe wirklich alles und nichts verstanden
dennoch das Gefühl gewonnen
das war es wert

Am Rande der Hölle, so nah am Himmel
das soll unser Los sein
wir schreien wie Kinder, sind trotzdem klüger
befreien uns selber und stehen dort drüber

Wird Gott mir je vergeben? Bleibt der Weg
immer das Ziel? Hab keine Zukunft mehr vor
Augen
und so soll es sein
keine ist das Ziel, es gibt kein Ziel

… es gibt kein Ziel", nuschelte Jonny. „Och Gott, Mutter vergib mir." Seine letzten Worte waren das, die er mit feuchten Augen gen Himmel schickte. Das waren so seine Angewohnheiten, wenn er einen sitzen hatte, da wurde er immer sentimental. Da gab ich nicht soviel drauf. Dann schlief er ein. Einfach auf dem Boden. Einen Moment sah ich ihn noch an, einen Moment, an mehr erinnere ich mich nicht.

Die weichen Betten waren nach einer halben Woche im Zelt sehr bequem, zumindest vermute ich das, denn daran wie oder wann ich einschlief kann ich mich nicht erinnern. Der nächste Morgen war der Schlimmste seit ich geboren wurde! Ich konnte kaum atmen. Meine Klamotten waren komplett durchgeschwitzt, meine Augen fühlten sich an, als wollten sie gleich platzen und mein Kopf explodierte. Ich versuchte zu sprechen, ich wollte Jonny rufen, doch meine Stimme versagte. Nach einigen Versuchen gelang es besser. Erst krächzte ich: „Jo-jo-hrm, Jonny." „Ja", hörte ich aus der Küche. Und prompt stand er in der Tür. „Tut mir ja leid Kleiner, aber du hast das Frühstück verpennt, aber weißt du was das Tolle an der Sache ist? Gott, der Hurenbock, muss dich lieben, denn das Mittagessen ist schon fast fertig." Er lachte. „Hehe, oh Gott, du siehst ja scheiße aus." „D-d-dreimal darfst du raten wie ich mich fühle", schaffte ich zu sagen und brachte ein knappes Lächeln zustande. „Und Hunger hab ich erst recht keinen." „Das würde ich mir nochmal überlegen du Arschgeige, es gibt Spaghetti Bolognese und die will ich nicht umsonst gekocht haben. Na ist das etwa nichts?" „U-und was ist mit Mark?" „Naja, dem geht's noch viel beschissener als dir. Da hast du noch Glück gehabt, der konnte – im Gegensatz zu dir – fast gar nicht schlafen und ist schon seit acht Uhr munter am reihern." Er zwinkerte, wie er es immer tat. „Aber glaubt nicht, ihr kommt mir davon, heute Nacht gehen wir die Klubs und Bars abklappern, es gibt was zu feiern. Aber bis dahin mein Süßer, gute Nacht!", und er schlug die Tür zu. Ich hörte ihn noch rufen: „Krisi, meine Süße, Zeit einen durchzuziehen! Die Anfänger vertragen eben noch nichts." „Das erste Mal ist immer das schlimmste", sagte Kristen. Oh Gott, worauf habe ich mich nur eingelassen. Ich musste einfach lachen, ich konnte einfach nicht anders. Ich lachte einfach.

Das alles ist so unmöglich, wir sind ein kleiner Haufen Spinner, die einfach das tun, was sie wollen. Wenn kleine Kinder ihre verrückten Vorstellungen haben und ihre Eltern sie zurechtweisen. Wir sind diese Kinder und wir tun einfach das, was uns in den Sinn kommt, wir zeigen einfach Größe und tun genau das, was unser Herz uns sagt, entgegen aller Ängste. Gegen alle Zweifel. Die totale Selbstüberwindung. Und so sehr ich mich auch bemühe, ich kann mich nicht recht dafür schämen.

„FRIDAY NIGHT", schmetterte Mark der Stadt entgegen. „Jetzt kommen wir", rief ich. Kristen und Jonny lachten laut. Er reichte eine Zigarette herum. „Mach deine Zippe aus", meinte er zu mir. „Das hier ist vernünftiges Zeug! Das macht euch so high, dass ihr versehentlich von nem Mann gerammelt werdet und ihn für ne None haltet. Hehe, denkt an meine Worte, wenn ihr Morgen früh aufwacht." Und er streckte mir die Zunge heraus.

Von da an tanzten, tranken und rauften wir uns durch die Klubs. Wo wir auch waren, was wir auch taten, Jonny war immer mittendrin und Kristen dicht bei ihm. Die beiden tanzten, knutschten, rauchten und lebten einfach! Als wir uns um vier Uhr morgens länger in einer altmodischen Bar aufhielten, wo wir uns mit einem Mädchen und zwei Jungen unterhielten, alle ein bisschen älter als wir, wollte Krisi mit mir tanzen.

Sie war wunderbar, sie tanzte wunderbar. In dem Moment hatte ich nur Augen für sie, aber ich fühlte mich auch sehr unwohl, nervös und wie beobachtet. Sie hatte lange, helle, blonde Haare, die wild um sie flatterten, wenn sie tanzte. Sie hatte blaue freche Augen und ein leicht rundliches, schönes Gesicht, sie war sehr schlank und kurvenreich, doch wirkte gleichzeitig auch süß-anmutig, schmächtig, verrückt und vernünftig auf mich. Sie war so wie alle meine Freunde, so kompliziert. Vor allem, wenn es darum ging sie zu beschreiben. Nicht ich, sondern sie führte. Zeigte mir Tänze, von denen ich nichts wusste und ich hatte dennoch das Gefühl sie immer schon gekannt zu haben. So wie sie. Auf einmal war sie nicht mehr wegzudenken aus meinem Leben, wie selbstverständlich, wie, als wäre sie einfach immer dagewesen, nicht wie der Betthase von Jonny, seine Sexfreundin mit dem geringen Blutdruck und den schönen Brüsten. Sie vervielfältigte sich, alle Ansichten über sie explodierten und verwandelten sich in tausend neue, die ich alle so exakt nie hätte beschreiben können.

Ich weiß nicht, ich glaube nicht, dass das Liebe ist! Das ist anders! Starke Anhänglichkeit, leichte Schwärmerei, aber irgendwo auch eine gewisse Abneigung, aber im Grunde mag ich sie eigentlich von allen am liebsten. Ich mag sie alle sehr gerne, doch sie waren eben sie und das ist nicht immer leicht. Sowie ich sicherlich auch nicht immer ganz leicht bin. Sie gehören so perfekt zu mir und ich gehöre zu ihnen. Mit ihnen fühle ich mich zum ersten Mal wohl und traue mich sogar ab und zu zu tanzen. Davon habe ich echt immer geträumt. Einfach mal ein bisschen tun, was man will, und Jonny mit seiner einnehmenden Art nimmt total Rücksicht auf mich, habe, als ich ihn kennenlernte, gar nicht gedacht, dass er das könnte. Er ist ein toller Freund.

„Hey, Alter, was los?", grölte Jonny in meine Richtung von der Tanzfläche aus. Mark hüpfte wie ein verrückter Affe umher und schlang die Arme um den Hals fremder Menschen, Jonny prostete ihm zu und lachte und Kristen tobte um ihn herum. Meine Freunde, dachte ich und schmunzelte. Jonny sprach den einen der beiden Jungs an, der grade noch mit Krisi tanzte, sein Name war Mike: „Ey, habt ihr noch was zu rauchen? Bei uns ist fast alles auf." „Klaa Jonny", meinte Mike und gab uns allen eine Zigarette. „Herrlich", schrie Mark und inhalierte tief. „So Jungs, wie is's, woll'n we dann ma weidda?", rief Jonny über das Gedröhne der Musik. Mike, Dennis, Jennifer und ein neuer namens Charlie schloßen sich uns an. „DAS IST EINE NACHT!", schrie ich heraus. „Du sagst es Junior", stimmt Jonny ein und prostete mir zu, „da explodiert meine Fantasie direkt." Er begann zu singen mit einer dunklen spannenden und schönen Stimme, passend zu der Nacht:

Jetzt steh ich hier und warte
auf den großen Augenblick
sehe da die Sterne
und vor mir liegt das Glück

Was wir auch wollen
wir nehmen es uns
doch vergessen nie, wer wir sind
nicht, nicht die Kinder Gottes
doch ich bin meines Vaters Kind
ich bin meines Vaters Kind

Was auch geschieht, ich bin uns treu
und sing mein Lied

Wir sind am Rande der Hölle
doch dem Himmel auch so nah
lass uns auf beides nicht verzichten
denn sie sind beide wunderbar

Was wir auch wollen
wir nehmen es uns
nicht, nicht die Kinder Gottes
doch was wir alle sind
doch ich bin meines Vaters Kind
ich bin meines Vaters Kind

Gib mir die Hand mein Freund
und schlag dann ein
denn wir werden in der Hölle und im Himmel
aber frei sein

Was wir auch wollen
wir nehmen es uns
nicht, nicht die Kinder Gottes
doch was wir alle sind
doch ich bin meines Vaters Kind
ich bin meines Vaters Kind

„Das war wunderbar", sagte Mark. „Und das werden wir", und sah uns drei an, „wir werden frei sein." Dann hoben wir unsere Flaschen: „AUF DIE FREIHEIT!"

In dieser Nacht dachte ich an den Anfang. Denn es sollte immer ein Anfang sein und bleiben! Das wünsche ich mir! Denn es ist bekannt, dass aller Anfang am schönsten ist.

## 5 Der Weg in die Hölle, am Rande des Himmels

Von da an waren wir aus dem Nachtviertel der Stadt nicht mehr wegzudenken. Von der dreckigsten Gosse bis zur höchsten Spitze, wir waren überall. Mark, der brüllte, Kristen, die tanzte und Jonny, der mit seiner lauten Stimme alles und jeden im Bann hielt. Tja und ich eben, aber ich war wohl eher der Unscheinbarste von allen. Am Tag besorgten wir uns alles, was notwendig war. Jonny fuhr durch die Stadt, wettete, packte mit an, wo immer es was zu verdienen gab und wenn zwei paar Hände gebraucht waren nahm er mich oder Mark mit. Wir brauchten ja nicht viel, wir zahlten schließlich keine Miete. Und nachts genossen wir unsere gewonnene Freiheit. Eines Nachts torkelten Jonny und Kristen am Strand entlang, während ich und Mark an der Straße warteten. „ICH LIEBE DEN SOMMER", schrie Jonny. Kristen sprang auf seine Schultern, sie rangelten miteinander und schließlich warf Jonny sie ins Wasser, sie schrie auf, wir lachten. Sie stand auf und schmiss auch Jonny ins Wasser. Dann packte er sie und eine wilde Wasserschlacht begann. „Is das leben nich wunaba", prostete er uns zu und zog an seiner Zigarette. „Wenn man vierundzwanzig Stunden lang stoned is, dann sicher", erwiderte ich.

Jonny blieb immer länger weg als wir alle. Er schlief sich durch die halbe Stadt und rauchte von morgens bis abends Marihuana. Zu Anfang ging es noch, doch mit jeder Woche, die verging, wurde es schlimmer und schon machte ich mir die ersten Sorgen. Ich fragte mich nun, wie lang er so weitermachen konnte. Als wir bereits fünf Wochen an diesem Ort waren, hörten wir im Radio etwas, das uns auf den Boden zurückbrachte, uns einen kleinen Schluck Realität zurück ins Glas schenkte. Die Polizei fahndete nach unserem Auto und ein Fahndungszettel von Jonny war überall in der Stadt zu finden. Genau während wir dies hörten, platzte Jonny in das Wohnzimmer mit der Ansage: „Die Scheiße steht uns bis zum Hals, ich hatte Stress mit ein paar Bullen und einige Straßen sind voll von dieser Scheiße." Er knallte ein Blatt mit seinem Namen sowie einer genauen Personenbeschreibung darunter auf den Tisch. „Wir müssen weg, weit weg, wo die uns nicht finden." Jonny hatte entschieden. Wir brachen wieder auf. Am selben Tag noch packten wir unsere Sachen, Mark besorgte Benzin. Das war die letzte Nacht hier und keiner von uns wollte gehen. Man hatte sich hier schon so wohl gefühlt, die Hütte war sehr bequem, hier ließ es sich gut leben. Wieder aufbrechen, ungewiss wohin, ohne feste Bleibe, im Auto, im Zelt schlafen, keiner von uns wollte das, aber wir mussten.

Am Morgen waren wir früh auf den Beinen. Wir waren gerade bei den letzten Reisevorbereitungen, als ein Knall die herrliche, morgendliche Stille durchbrach. Jene, die sonst nur vom Gezwitscher der frühen Vögel durchbrochen wird. „Was war das?", stieß Mark hervor. Doch er wurde unterbrochen: „JONNY!". Ich erkannte die Stimme, es war der Pfarrer. Man konnte ihn vom Fenster aus sehen, er hatte ein Gewehr. Hatte er einen Warnschuss abgegeben? Jonny stieß die Tür auf und schlug sie direkt wieder zu, als ein Loch, einen halben Meter breit, in die Tür geschossen wurde. Die Munition verfehlte uns nur knapp. „DIESMAL KRIEG ICH DICH!", brüllte der Mann von draußen, während er nachlud. „ICH MACH DICH FERTIG, JONNY!" „Der Alte ist irre", rief Jonny zu uns, als wir uns auf den Boden gerettet hatten. „Kommt zur Hintertür raus." Ein lauter Knall, der nächste Schuss fiel. „Lauft", brüllte Jonny. Wir rannten durch die Hintertür, um das Haus herum und wollten von hinten in das Auto einsteigen, doch die Reifen waren zerschossen.

Plötzlich stieß der Pfarrer zwischen den Bäumen hervor. Wir waren ihm offensichtlich nicht wichtig, es ging ihm nur um Jonny, er hielt mit seinem Gewehr auf ihn zu, der jedoch drängelte uns ins Auto und gab mir den Schlüssel. „Fahr", sagte er noch und schlug die Tür zu. Er wollte nach hinten einsteigen, doch ein Gewehrschuss brachte ihn zum stehen. Kristen stieg aus, sprang vor Jonny und sah dem Pfarrer ins Gesicht, Jonny packte sie, sprach etwas zu ihr und stieß sie zum Auto. Ich konnte nicht ohne ihn fahren, was wenn der Mann ihn umbringen würde? Außerdem konnte ich damals noch gar kein Auto fahren. „Mach Platz", schrie Mark und steckte den Schlüssel ins Schloss, trat auf's Gas und wir fuhren los, so gut es ohne Reifen eben ging.

Am Rande der Auffahrt wendete er und wollte schon wegfahren, doch Kristen hielt ihn zurück: „Wir warten auf ihn!" „Seid ihr Irre, glaubt ihr ich hab Bock auf den Knast?", er wollte schon auf's Gas drücken, doch ich hielt ihn zurück. „Wir bleiben", sagte ich bestimmt.

Er gab nach und wir drehten uns, um Jonny und den Pfarrer im Blick zu haben. Jonny war gerade hinter einer Hecke in Deckung gegangen, der Pfarrer schoss einen Schuss ab, doch die Äste hielten die Schrotmunition auf. Jonny jagte hinter dem Busch hervor, hielt den Lauf des Gewehrs fest und holte mit der linken Hand aus. Der Lauf jedoch war heiß geworden, Jonny schrie auf, doch noch ehe er losließ, schlug er dem Pfarrer mit aller Kraft ins Gesicht. „Bastard", rief Jonny und holte ein zweites Mal mit der verbrannten Hand aus. Der Pfarrer zog ihm sein Gewehr über den Kopf und zog einen Schlagstock aus dem Gürtel. Er hieb auf Jonnys linken Arm ein. Der zog ihn weg, doch die Hand wurde getroffen. Mit der rechten packte Jonny zu, genau in das Gesicht seines Gegners, und zerschnitt mit roher Kraft und dem Druck seiner Nägel dessen Gesicht. Der Mann schrie auf. Dann warf dieser sich wie im Wahn auf Jonny und im Kampf verschwanden die beiden im Gebüsch. Einen Moment hörten wir nichts mehr, diese wahrhaft tödliche Ruhe, dann einen Schuss. Laut und ohrenbetäubend.

Die Zeit stand still. Was war geschehen? Wo war er? Dann, nach einer Ewigkeit, so kam es mir vor, brach Jonny aus dem Unterholz hervor, das Gewehr in der Hand, ging auf das Auto zu, stieg ein und schlug die Tür zu. „Fuck", stieß er aus und hielt sich die Hand. Sie war blau angelaufen. Kristen besah die Wunde. Sie fragte vorsichtig und mit belegter Stimme: „Jonny? Was is passiert?", doch der antwortete bloß grob: „Nichts! Kommt wir fahren." Er übernahm das Steuer und wir fuhren los. Nach zwanzig Minuten besorgten Mark und ich neue Reifen an einer Tanke, Stundenlang sagte keiner mehr ein Wort.

Jonny und Kristen saßen nebeneinander auf der Motorhaube. Es war ruhig. Die Luft war warm, es war ein heißer Sommertag. An jedem anderem Tag hätte ich gedacht: was für ein wunderschöner Tag. „Was glaubst du, was da passiert is?", fragte Mark mich, als wir zusammen an einem Waldrand unser Zelt aufbauten. „Glaubst du, er hat den alten Sack umgelegt? Denn wenn, dann bin ich weg, das is mir zu gefährlich, ich spar mir was zusammen und hau ab." „Alter", sagte ich, „is das dein Ernst? Acht Wochen unterwegs und schon willst du abhauen." „Willst du ne Leiche an deinen Fingern kleben haben?", erwiderte Mark. „Ich nicht", entschied er bestimmt. „Noch kann ich's auf Jonny schieben, toll, meine Pflegeeltern waren so super nich, aber besser als ein Jahr Jugendknast und denk dran, lange wird uns unsere Minderjährigkeit nicht schützen. Wenn wir erst einmal achtzehn sind, hilft uns nichts mehr. Wir gehen in den Knast. Hast du da Bock drauf?" „Hä? Nein", war meine Antwort. Es muss sich so albern, kindlich angehört haben, als ich dann gesagt habe: „Dennoch lasse ich meinen besten Freund nich im Stich." Mark lachte mich aus. „Pfff, bester Freund", spöttelte Mark. „Ich sag dir jetzt mal was, wenn er die Wahl hätte, würde er dich für zwei volle Brüste auch abknallen. Und noch was, er ist nich der Held, für den du ihn hältst, hast du es denn nicht gesehen?" Ich blickte zu Boden, doch Mark wollte nicht nachgeben. Ich wollte nicht, dass er weiterredet, denn seine Worte weckten etwas in mir, was schon lange tief in mir schlummerte: Zweifel. „Ich weiß, warum du mitgekommen bist, du hältst an seinen Prinzipien fest, glaubst an ihn, denkst, er ist Gott, der eine, der alle Probleme löst. Und ich sag dir noch was." Anscheinend wollte Mark nicht lockerlassen. „Dieser Junge ist wahnsinnig, er ist nicht frei und hat kein Ideal, du glaubst, was wir alle glaubten. Er ist ein Irrer, auf den wir reingefallen sind, sonst nichts, er hat keine Ahnung vom Leben, keine Verantwortung und spielt hier ohne nachzudenken einfach sein Spiel ohne Rücksicht auf Konsequenzen. Du kannst mir nichts vormachen, Mann, du hast Angst, genauso wie ich. Ich hoffe, du zweifelst jetzt, und das zu Recht, nur weil du dumm bist glaubst du noch, an dem großen Jonny ist wirklich was dran, doch das war alles nur Scheiße. Und du weißt, dass ich Recht habe", setzte er verächtlich, hämisch grinsend, hinterher. „Du weißt, dass es so nicht weitergehen kann und wird, du dummer Lappen, du Versager, wie lange willst du dich noch verarschen lassen? Ich jedenfalls weiß jetzt woran wir sind, verdammt!" Dann schritt er davon, seine Worte fraßen sich in meine Eingeweide.

Kristen blieb den ganzen Abend bei Jonny, er rauchte und weinte, sie sprach ihm zu. Dann stand er auf und ging die Straße hoch, Kristen wollte ihn festhalten, er stieß sie weg, bei all dem sah ich nur noch den leeren Blick in seinen Augen. Gefühlslos. Sie ging zu uns, an uns vorbei, und setzte sich in das Zelt. Wir konnten sie von draußen schluchzen hören. Ich sah Mark an, doch dessen Blick zeigte keinerlei Gefühl. Er zuckte die Schulter, drehte sich um und machte sich die Straße runter auf den Weg. „Wohin gehst du, Mann?", wollte ich wissen. „Ein paar Schritte gehen", sagte er knapp ohne sich umzudrehen. Ich sah noch, wie er sich eine Zigarette in den Mund schob, dann wandte ich meinen Blick von ihm. Ich wusste nicht, woher das kam und ich hatte dieses Gefühl nie gehabt, nicht so stark, aber ich merkte, wie ich diesen Jungen, Mark, immer weniger leiden konnte oder anders: Ich verabscheute ihn bereits. Was macht der hier? Der passt hier nicht rein, wir sind zusammen so perfekt, nur der, der passt zu unserer Gemeinschaft einfach nicht. Ich fragte mich, warum Jonny ihn mitgenommen hatte.

Und nun stand ich da auf dem Rasen einer Wiese. Zu meinem Besitz zählte ich nur einen Rucksack mit sehr wenigen Sachen und einen Geldbeutel, der fast leer war. Ich stand wenige

Metern von dem Zelt entfernt, in dem meine einzige Freundin saß und weinte. Was wollte sie? Wollte sie, dass ich zu ihr gehe und den Arm um sie lege, ihr zuhöre und ihr sage, wie man das eben so macht, alles wird gut? Vielleicht wollte sie auch nur gestreichelt werden oder pure Ruhe haben und ich würde sie bloß nerven. Möglich wäre auch, dass nur Jonny beruhigen könnte, aber sie könnte auch Angst vor ihm haben. Wenn es wahr war, dann war er ein Mörder. Jonny, der junge Mann, nicht mal ein Mann, ein Mörder. Ich atmete sehr laut, zumindest konnte ich meinen Atem genau hören. Ich hörte nur Vögel zwitschern und irgendwo in weiter Ferne ein anderes Tier, das ich nicht identifizieren konnte. Ich hörte sogar mein Herz schlagen, bum-bum bum-bum bum-bum. Ich ging die Schritte zum Zelt die leichte Anhöhe hoch und legte meine Hand auf den Eingang, atmete noch einmal laut, lauschte noch einmal all den Geräuschen und wollte den Zeltvorhang, der mich von Kristen trennte, beiseite reißen. *Verdammt!* Ich konnte mir nichts vormachen, das war gerade all mein Mut, den ich zusammen genommen hatte, doch er reichte nicht. Mein Mumm reichte nicht aus, um zu ihr zu gehen und sie zu beschwichtigen. Wie denn auch, versuchte ich erst zu rechtfertigen, schließlich soll ich ihr über einen Mord hinweghelfen. Wir waren jetzt auf der Flucht, soweit klar.

Ich ging wieder weg von dem Zelt und zählte die Schritte. Sechs Schritte trennten mich von Kristen, dann waren es acht und dann zwölf. Bei fünfzehn Schritten blieb ich stehen. Ich stand jetzt ganz dicht an dem winzigen Wald, der an das Feld grenzte, auf dem wir uns niedergelassen hatten. Ich sah in dessen Tiefen und setzte mich an die Wurzeln eines festen Baumes.

Hier sitze ich nun zwischen den Wurzeln und denke über uns nach, über mich und meinen mangelnden Mumm und ob ich diesen wohl je finden werde, an Kristen kann es nicht liegen, denn sie ist es allemal Wert, dass man sie tröstet und sogar mit ihr und für sie weint. So sitze ich hier, schrieb gerade die Ereignisse der jüngsten Vergangenheit und schreibe nun meine momentanen Beobachtungen und Gedanken – diesen Text – in meine Kladde, während die Zeit vergeht, es wird kälter, doch ich denke nicht daran, ins Zelt zu gehen. Ich beobachte die ganze Zeit die Straße.

Nun, nach so zwei bis drei Stunden, kommt Mark zurück und schreitet zum Zelt, nimmt seine Sachen raus und lässt die, wie es zu hören ist, noch immer weinende Kristen zurück. Er geht zum Auto und legt sich auf den Rücksitz zum Schlafen. Was bin ich besser als er, ich schäme mich seit Stunden für meine Untätigkeit, ich schaffe es nicht, Kristen zu helfen. Ich warte auf ihn, irgendwann musste er zurückkommen. Es wird kühler und mit der Kühle kommt auch die Dunkelheit, die Straße ist nur noch schwer ausfindig zu machen. Es ist allerdings eine relativ angenehme Sommernacht und die kühle Luft ist somit zu ertragen.

Ein Geräusch. Da ist der Umriss von jemanden, die Umrisse von Jonny kommen in Sicht, wie er, nicht gerade unauffällig, über den Rasen stapft. Ich bleibe verborgen, ich weiß nicht recht, ob ich will, dass er mich sieht. Er musste etwas getrunken haben, da er taumelt. Er braucht einen Moment, bis er im Zelt ist, ich kann ihn sich neben die weinende Kristen setzen hören. *Er nimmt sie von hinten in den Arm, tröstet sie, tut das, wozu ich nicht im Stande bin. Streichelt ihr wunderschönes Haar, sag ihr, dass du sie beschützt, sie hat es verdient, sie muss beschützt werden. Ich hoffe, dass er das tut. Wenn nicht, dann ist er nicht der Jonny, den ich bewundere.* Schlafen. Daran ist einfach nicht zu denken, ich warte weiter, obwohl ich gar nicht weiß, worauf ich eigentlich wartet. Ich höre sie schluchzen und ihn zärtlich flüstern. Das ist etwas, das man, wenn man das Buch liest, niemals falsch verstehen darf, Jonny ist vieles, aber nie wirklich grausam. Und wenn er doch grausam ist, dann ist er dennoch niemals herzlos. Nein, er ist selbst der sensibelste Mensch, den ich kenne. Das Zelt geht wieder auf. Von Kristen höre ich nichts mehr, ich denke, sie schläft. Jonny sieht sich um und geht durch die Gegend, sieht aus als wäre er auf der Suche nach jemandem. Ich räuspere mich.

„Jonny ich bin hier.", sagte ich. „Aaah, Junior", stieß er aus, kam zu mir und setzte sich neben mich. Er klang aufgeräumt, selbstbewusst und eigentlich total locker. Er sah mich an und ich spürte wieder seinen unverkennbaren Blick auf mir, auf meiner

Haut. Der Blick, der mich immer röntgt. „So, heute is ja viel passiert", begann Jonny. „Ich weiß, es ist grade alles ziemlich gehetzt. Kristen ist auch ganz nervös, mich wundert, dass du sie nicht getröstet hast, grade von dir hätte ich das gedacht." Hoppla, damit hatte ich jetzt nicht gerechnet, nicht von ihm. Ich dachte, er würde ganz ruhig sagen, wie wir weiter vorgehen, würde mir seinen Plan erklären und sich vielleicht sogar entschuldigen für das, was er getan hatte. Doch das sollte jetzt folgen. „Wir müssen weiter. Schnell weiter, weg aus dem Gebiet. Ich habe bereits zwei Benzinkanister besorgt und extra noch einen Ersatzreifen. Außerdem ist unser gutes Wägelchen nicht ganz ohne Schaden davongekommen. Jetzt schlafen wir erst einmal und später sehen wir uns den Schaden an und beheben die Sache." So war er immer. Er sprach von Dingen einfach als wäre es selbstverständlich, dass er es schaffte, als kenne er natürlich für alles eine Lösung. Er sagte nicht: Wir sehen uns den Schaden an und gucken ob wir ihn beheben können. Nein, er sagte grundsätzlich: Wir beheben den Schaden. In seinen Augen waren er und alle Menschen, die er für richtig hielt, irgendwie unschlagbar. „Proviant habe ich außerdem auch noch etwas besorgt", schloss er an. „Sobald nachher alles erledigt ist und wir hier weg können, bringen wir möglichst viele Kilometer zwischen uns und diese Umgebung hier. Hier werden sie uns jagen was das Zeug hält. Naja und ganz besonders nach dem was heute passiert ist." Er blickte zu Boden. Ihm war klar worüber ich die ganze Zeit nachdachte, trotzdem sprach es keiner aus. Ich wunderte mich nur, wie er es schaffte, so unendlich cool zu bleiben.

Ich hatte kaum geschlafen, als Jonny mich weckte, mit den Worten: „ Pack mal mit an." Ganz der Alte, dachte ich noch und raffte mich auf. Es begann schon damit, dass wir die Motorhaube kaum aufbekamen. Doch Jonny hatte sich geändert, er legte heute mehr Geduld an den Tag und an die Sache. Er besah sich alles ganz genau und ließ sich Zeit. Was er tat, tat er gründlich, er benahm sich nahezu vorbildlich, so kannte ich ihn gar nicht. Mit Geduld und ein paar kräftigen Handgriffen war die Motorhaube geöffnet. Doch es stellte sich nach vielen Probefahrten und noch geduldigerem Gucken heraus, dass das

Problem nicht hinter der Haube lag. Also kletterte Jonny unter den Wagen und besah sich jede Kleinigkeit. Nach zwei weiteren Stunden hatte Jonny mit Werkzeug und etwas altem Gummi und einem Stückchen Blech das Problem behoben und wir waren in gutem Tempo weiter Richtung Süden unterwegs.

Das Frühstück oder vielmehr unseren Bedarf an Essen über den ganzen Tag verteilt klauten und klaubten wir uns zusammen. Am Abend waren wir zwar alle nicht recht satt, aber hungern musste auch keiner. Die Nächte wurden immer wärmer, die Tage waren schwül. Das Auto heizte sich auf, wenn wir unterwegs waren. Jonny und ich hatten eine Idee. Wir fuhren in eine Schlosserei, schraubten unser altes Kennzeichen ab, drehten es um und beschrifteten es neu. Wir lackierten es und schraubten es andersherum wieder an das Auto. Zumindest aus einer gewissen Entfernung sollte man den Schwindel nicht erkennen. Die Hoffnung war, dass, wenn uns eine Streife sähe, wir nicht gleich die ganze Armee hinter uns hätten. Bei der Hitze ließ es sich in langen Hosen nicht aushalten und wir zogen uns bis auf das

Nötigste aus, hier unter uns störte es keinen. Keinen außer vielleicht Mark, aber der schien für Jonny und Krisi schon gestorben zu sein. Er saß meistens nur da, guckte dunkel und sagte sehr wenig.

Nach weiteren zwei Tagen hatte Mark die Hitze fertig gemacht und wir mussten unser letztes Kleingeld für eine Übernachtung für ihn ausgeben. Wir übernachteten nicht im Hotel, das konnten wir uns nicht leisten. Eine Nacht gab Jonny ihm, für mehr hätte unser Geld auch nicht gereicht, und dann fuhren wir weiter. Die Tage vergingen und ich lernte meine Mitstreiter immer näher kennen. Jonny erzählte mir etwas, wenn wir uns zusammensetzten, am Feuer draußen oder am Kamin in einer Hütte. Er erzählte mir von sich, von seinen Ansichten, seinem Hass, den er gegen so vieles zu hegen schien. Er war eine Quelle unsagbaren Hasses und ein guter Redner und ich ein noch besserer Zuhörer, doch auch ich kam zu Wort. Wir unterhielten uns ganz fantastisch und es war einfach so schön. Mein Gott, was war ich gerne mit ihm zusammen. Auf einmal waren wir normal. Sowie zwei Freunde, die sich über die Politik in der Welt unterhielten. In diesen Momenten, da war ich mir sicher, kam auch er sich endlich mal ein bisschen normaler vor. Er wurde nachdenklich, und wenn er wenig oder gar nicht trank, erzählte er von seiner Vergangenheit. „Ach, ich quatsch wieder zuviel", schreckte er dann immer aus seiner sentimentalen Phase hoch und schloss an, „Und wie stet's mit dir Junior? Was sagst du denn dazu?"

Man sollte es nicht glauben, aber tatsächlich kam er mir doch so vernünftig vor, so klug und ich glaubte, er wäre auch ehrgeizig. Ich glaubte, Jonny wirklich zu verstehen, sollte man gar nicht erst versuchen. Nein, das nicht! Aber ich war mir irgendwann ziemlich sicher, nach dem, was ich aus seinem Gesagtem, seinen Erzählungen entnahm, wäre er gerne bereit, ein vernünftiges Leben zu führen, und ich glaubte, in ihm schrie alles nach einem Zuhause, einfach alles. Sesshaftigkeit schien für ihn doch kein Fremdbegriff zu sein. Was er tat, tat er nicht, weil es ihm gefiel, sondern aus Protest, und irgendwie, irgendwie auch aus Liebe, Liebe zu den Menschen, er war verzweifelt, unglücklich, sehr unglücklich! Er wünschte sich Gerechtigkeit für alles Leben auf dieser Erde. Für alle Menschen und Tiere. Für alle, ob schwarz, weiß, krank, gesund oder in irgendeiner Art eingeschränkt. Dass jeder das Leben zu schätzen weiß, egal wie gut es einem geht, dass man sich immer bewusst ist, wie schlecht es einem auch ergehen kann. Und er war einer von denen, die es sich immer wieder in das Gedächtnis riefen, wie schlecht es manchen geht und er konnte damit nicht leben. Außerdem wollte er, dass jeder dasselbe hat, sich nicht messen kann, nicht mehr verdient und jeder Mensch auf den gleichen Bildungsstandard gebracht wird.

Und all das sollten die Menschen können und das ganz unabhängig von einem nicht realen Glauben an eine Kirche, an einen Gott. Denn er sagte, wenn man glaubt, dann macht man sich nur vor, dass es etwas gibt, was mächtiger ist als man selbst und seinesgleichen. Man belügt sich, der Glaube ist doch nur die Hoffnung, dass es etwas gibt, was einen beschützt und eine wachende Hand über einen hält. Er wusste selber, dass diese seine Weltvorstellung nicht möglich war. Denn wenn alle die gleiche Bildung haben und alle den gleichen Wohlstand, wer will dann noch die Drecksarbeit machen und wer will die machen, die zu anspruchsvoll ist? Und Drecksarbeit wird es immer geben. Alles was Jonny wollte, war ein bisschen mehr Gerechtigkeit. Das war das Wichtigste für ihn.

Kristen war ihm ganz ähnlich, auch aufbrausend und temperamentvoll wie der Wind, und dann hatte sie manchmal ihre ruhigen Stunden, setzte sich einfach hin und tanzte und schrie nicht durch die Gegend. Setzte sich hin und redete. Sie alle redeten gerne mit mir. Wahrscheinlich weil ich mich aus dem Gespräch ausblendete, weil ich ihnen einfach zuhörte, ihnen einmal die Möglichkeit gab zu sagen, was sie wollten, ohne das man sie verspottete, das hatten sie wohl noch nie bekommen, dieses Privileg, dass man ihnen einfach mal zuhörte und ihnen vielleicht sogar glaubte. So verrückt ihre Ansichten auch schienen. Und ich glaubte irgendwie alles, was sie sagten.. Sie waren so überzeugend, selber von ihrer Sache so naiv, verlockend überzeugt. Kristen erzählte von dem, was sie wollte, was sie verlangte, von ihren Zielen und ihren Träumen. Doch das Leben, das sie sich jetzt ausgesuchte hatte, passte so gar nicht zu dem Leben, von dem sie träumte. Im Grunde war ich wohl nicht mehr als ein Ebenbild von ihr, von Jonny und von Mark. All diesen Träumern und Denkern, diesen Künstlern und Möchtegerns. Ja, so einer war ich wohl auch.

Wovon träume ich, als ich das alles aufschreibe, was ist das, woran glaube ich? Mit meinen und Jonnys Gedichten berühmt werden, seine Lieder zu veröffentlichen. Ein Leben unterwegs, Alles leisten, alles kaufen können. Einfach alles tun können. Ja, ich glaube, das ist mein Traum. Einfach so alles machen, was man will. Oder ist es etwas anderes, das ich will? Umso mehr Zeit vergeht, desto deutlicher wird mir bewusst, wie einsam wir sind. Wie alleine man uns lässt. Und umso mehr ich denke, umso mehr ich Jonny zuhöre, seine, unsere Gedichte lese und schreibe, seinen traurigen Liedern zuhöre, weiß ich, dass Jonny nicht mehr träumt, er hat die grausame Wirklichkeit erkannt. Wir sind der Hölle hoffnungslos ausgeliefert, es gibt keinen sonnigen Morgen nach diesem Tripp. Nur eine finstere Dämmerung. Die Dämmerung brach bereits an. Und ich habe

das merkwürdige Gefühl, dass wir das alle
wissen. Hoffnungslos a*llein*. Und *verloren!*

### *Ein Gedicht von Jonny Broker*

Kein Blick zurück
denn das ist der Blick nicht wert
du hast es nie verstanden
doch dein Blick zurück, der war verkehrt

Alleine und am Boden
wird dir grausam bewusst
es gab nichts
da oben
und hier unten
auch nichts

Hast für nichts gekämpft
dadurch auch nichts verspielt
denn, wenn der Einsatz nichts wert ist
dann hast du nicht mitgespielt
hast du alles verspielt

Ein kleines bisschen Weisheit
das in meinem Herzen lebt
hab nach Erleuchtung und Erlösung
nach dem Himmel auf Erden gestrebt

Doch der Blick zurück
der brachte mich
auf den Boden zurück
und ich sehe
wir sind
so alleine

Drei Wochen vergingen, wir waren schon
zweieinhalb Monate unterwegs. Und bis jetzt
lief alles gut. Wir lebten uns von Osten nach
Westen durch das ganze Land, immer weiter
Richtung Westen. Jonny schien es besser zu
gehen, doch über die Sache mit dem Pfarrer
wollte er noch nicht sprechen und ich glaubte
nicht, dass er es bald tun würde. Seitdem
wirkte er gezeichnet, er hatte mehr
Augenringe, ein Stück Kindlichkeit war aus
seinem Gesicht verschwunden und ein Stück
Trauer und Ernst hatte seine Augen besucht.
Für ein wenig Geld nahmen wir unterwegs
noch jemanden mit, lernten eine Menge cooler
Leute kennen. Alles Leute unterschiedlichster
Art und Herkunft. Sie dachten alle anders,
manche waren komisch und redeten viele.
Andere mehr spießig und schweigsam. Und
auch Leute, die so normal wirkten, dass sie
schon wieder unnormal waren.

Wir lebten von Augenblick zu Augenblick, nicht, weil wir es mussten (das auch), sondern auch, weil wir es so wollten. Das liebte ich so! Wir verdienten unser Geld mit Gelegenheitsjobs, Kristen blieb meistens in der Hütte, in der wir gerade eingebrochen waren oder im Zelt, während Jonny mit uns durch die Gegend fuhr und uns Arbeit verschaffte. Überall, wo eine helfende Hand gebraucht wurde, packten wir zu. Auf dem Bau oder im Restaurant, vielerorts freute man sich über ein paar junge Männer, die anpacken konnten. Umso weiter wir reisten, desto weiter kamen wir aus dem Radius raus, in dem man nach uns suchte, trotzdem mieden wir bewusst jede Polizeistreife, die in unsere Nähe kam.

„Ich glaub'n scheiß Bulle oder'n Privatdetektiv is uns auf den Fersen", eröffnete Jonny das Gespräch eines Morgens, als wir gut gelaunt im Auto zwischen einer Stadt und einem großen Wald frühstückten. „Entweder unsere Gemeinde, oder welche von euren lieben Eltern wollen euch unbedingt zurückhaben. Ich und die süße Krisi hier sind ja glücklicherweise von Eltern verschont geblieben. Uns wird wohl keiner vermissen, ganz im Gegenteil." Kristen blickte bedrückt, als er das sagte, schnell fuhr er fort: „Jedenfalls is mir gestern so'n Kerl ganz in schwarz hinterhergelaufen, als ich anfing leicht zu rennen, is er auch losgerannt. Ich konnte ihn glaube ich abschütteln." „Leidest du seit Neuestem unter Verfolgungswahn?", grinste ihn Krisi frech an und zwinkerte mit den süßen Augen. „Sei leise", erwiderte Jonny, auch grinsend. „Ich hab mir den Sack nich eingebildet. Der Wichser war da!" „Gut", steuerte ich hinzu, „dann sollten wir möglichst schnell ein paar Stunden Fahrt zwischen uns und die Stadt bringen." „Wir verstehen uns", sagte Jonny und zeigte auf mich, er sprang hinters Steuer und fuhr los. Kristen lachte auf, als Marks Rührei gegen die Fenster klatschte, in sein Gesicht spritzte und sich auf seinen Klamotten verteilte. „Ey", meinte er mit wütendem Gesichtsausdruck, „das wollte ich noch essen." „Ok, wenn du das noch essen willst, dann bitte." Und Kristen schmiss ihm ein Stück Rührei ins Gesicht. Sie leckte sich die Finger ab und lächelte mich an, ich lächelte zurück. Wir lachten, alle außer Mark.

„Heute übernachten wir hier", erweckte Jonny uns aus unserem Schlummer. Es war bereits Nacht. „Äh Jonny", sagte Kristen. „Wir haben keine Kohle mehr, schon vergessen?" Jonny lächelte verschmitzt: „Na und, das macht doch nichts." Mark stieg als Erster in unsere zusammengehaltenen Hände und hielt sich am Sims fest. Er zog sich hoch und setzte sich hin, nickte dann und wir warfen die Brechstange hoch. Mark fing sie und brach das Fenster auf. „Los, kommt rauf", flüsterte er.

Zehn Minuten später war die Heizung an und wir hatten es uns in den Sesseln in der Suite gemütlich gemacht. Kristen kochte auf dem Gaskocher einen Tee, da es keine Küche gab. „Jetzt leben wir wieder wie Könige", lachte Mark hinter dem Qualm seiner Zigarette hervor. „Du sagst es mein Freund", bestätigte Jonny, doch er sah Mark abschätzend kritisch an. „Uns kann nichts und niemand aufhalten", sprach er. „Ja Mann", stimmte ich ihm zu. „Stimmt", sagte Krisi skeptisch vom Schlafzimmer aus. „Ihr seid ja richtige Helden, absolut unbesiegbar." „Was machst du da?", fragte Mark. „Ich zähle die Erbsen in deinem Hirn, hab noch keine gefunden. Was macht man in einem Schlafzimmer? Ich bin müde, du Arschloch." Das brachte Mark zum verstummen. Jonny und ich lachten. Man merkte die gewissen Abneigung von Kristen zu Mark. Ich hatte bemerkt, dass er versuchte, sich bei ihr beliebt zu machen, aber damit ging er ihr mehr auf den Geist als dass es half. Ich war froh, dass sie mich mochte, sie war so eine Person, mit der man es sich nicht gerne verscherzte. „Verdammt gutes Gras", bemerkte Jonny unterdessen, den diese Streitigkeiten nie interessierten. Ihm ging's immer nur um den Spaß, ums Lachen, um den Alkohol und das Gras. Und am allermeisten um seine Ideale! „Ja", sagte ich und stieß einen großen Rauchring in die Luft. „Ob die so was hier auch haben?" „Klar, müssen sie", sagte Jonny. „Ansonsten sind wir schneller Tod als unser Auto fährt." „Hehe, ja", bestätigte ich. Wir unterhielten uns noch die halbe Nacht und lachten viel.

Am nächsten Tag abseits der Innenstadt, als Jonny gerade die Tabakläden nach Gras absuchte, da fiel er mir auf. Der Mann hinter dem Pfeiler. Er schien meinen Blick bemerkt zu haben und ging in Deckung. Ich ging in den nächsten Tabakladen, in dem Jonny gerade in einen Streit mit dem Inhaber verwickelt war. „Alter, hältst du mich für nen Verbrecher?" Der Mann war groß, dick und hatte starke Arme. In die Jahre gekommen mit aufgedunsenem Gesicht und einem ungepflegten Bart, der unregelmässig wuchs, wie ein wilder Garten. „Is ja gut", bebte Jonny's zornige Stimme. „Na'n bisschen Gras is doch kein Verbrechen, Fettsack." „Wie sprichst du mit mir?" „Alter Jonny, lass den Mann in Ruhe", sagte ich. „Komm lieber mit, ich muss dir was sagen. Es is wichtig!" „Wie nennst du mich?", rief der dicke Mann, kam um den Tresen herum und hielt einen Vorschlaghammer in der Hand. „Scheiße", rief Jonny, „der hat nen Hammer." „Ach was, das sehe ich selbst", erwiderte ich in lauter Panik. Der Hammer sauste nieder, Jonny wich aus. Die gewaltige Kraft des Mannes brach ein großes Loch in den Holzboden. „Los, raus hier", drängte ich. Wir stürzten zur Tür. Der große Mann hinterher. Der Hammer sauste wieder nieder und streifte mich am Bein. Ich schrie auf. „FUCK", schrie Jonny, er nahm sein ganzes Gewicht und rammte den Mann in die Ladenecke, dieser stolperte und stürzte, der

Hammer knallte mit seinem Gewicht in sein Gesicht.

Doch er war noch bei Bewusstsein. Langsam stand er auf und kam auf uns zu. Den Hammer wieder in der Hand. Wir rannten aus dem Laden, mein Bein schmerzte, der Mann hinterher. Der Irre mit dem Hammer hinter uns her. Wir rannten um eine Ecke. Es sirrte, der Hammer wurde nach uns geworfen, wir gingen in Deckung, er traf Jonny an der Schulter. Jonny stöhnte auf und fiel. Blanke Wut in den Augen stand er blitzschnell auf den Beinen, packte den Hammer, wirbelte ihn kraftvoll zweimal über den Kopf und schleuderte ihn gegen den Riesen. Der Hammer traf sein Ziel. Genau gegen die Brust, der große Kerl ging geräuschvoll zu Boden. Er knallte mit dem Rücken voran in einen kleinen Obststand und begrub ihn unter sich.

„Los wir hauen ab", sagte Jonny mit stumpfer Miene. „Wohin?", fragte ich. „Zurück zum Hotel, da wir keine offiziellen Gäste sind, vermutet uns dort auch keiner, außerdem is es von hier weit entfernt", sagte er und steckte sich im Laufen noch eine Zigarette an.

„Komm, das war doch der Hammer", rief Jonny plötzlich und legte seien Arm um meine Schulter. „Ich meine, wer wird schon alle Tage von ner Fettbacke mit nem verkackten Hammer verfolgt?" Erst schwieg ich und dann, dann lachte ich, was sollte ich auch sonst tun außer lachen? „Bei dir is auch alles witzig, oder Jonny?" „Klaaa", sagte Jonny, dann wurde er plötzlich ernst und sprach: „Wie sollte ich das auch sonst aushalten, Junior?" „Wir aushalten", fügte er hinzu.

Abends in einer Bar. Langsam fragte ich mich, ob ich mein Gewissen nicht töten könnte. Was war los? Wir lebten doch so wie wir wollten? Oder vielleicht auch nur so wie Jonny wollte? Doch den Gedanken versuchte ich zu verbannen. Weit, weit weg zu verstecken, wo ihn keiner mehr findet, auch ich nicht und vor allem er nicht. Mein Hirn strapazierte mich und ließ mich zweifeln an ihm und uns. Der Gedanke an meine Eltern. Meine alten Freunde, sofern man sie so nennen konnte. Und dann, wie immer, wenn ich diesen Gedanken auffrische, vermisste ich all diese Menschen, am meisten meine Eltern.

Doch zugleich wird dabei sonnenklar, immer aufs Neue: Ich will dennoch nie zurück in mein altes Leben, zumindest jetzt noch nicht. Dafür ist das Gefühl, das ich mit diesen tollen Menschen habe, einfach zu schön. Ich weiß ja selbst, dass meine Bewunderung für sie etwas Albernes hat. Besonders die für Jonny. Doch ich kann es nicht leugnen, ich hänge an seinen Lippen, habe ihn gerne neben mir. Spreche so gerne mit ihm, es ist einfach toll und schön zu wissen: Er ist dabei und macht was mit dir. Er ist mein bester Freund und auch wenn er mich vielleicht nicht seinen besten Freund nennt, so herrscht ein wunderbares Verhältnis zwischen uns und, wenn man uns so sieht, könnte man denken, dass wir immer beste Freunde waren und das Gefühl finde ich toll, denn mit ihm zu tun zu haben ist einfach so klasse. Ich habe ein wenig bedenken, sogar ein wenig Angst, dass ich schwul bin, vielleicht könnte ich es sein, doch ich denke, ich habe mich für Mädchen entschieden. Dennoch muss ich es als eine starke Zuneigung akzeptieren, was ich für Jonny empfinde.

Zwei Zigaretten, wir saßen auf der Terrasse, unser Summen in der Nacht. Mehr war nicht zu hören außer unserem Summen und dem Zirpen der Grillen. In weiter Ferne Lichter aus der Discothek, aus der wir kamen und ganz leise wie ein Hauch, ein langsames Lied, das von dort zu uns rüberschwang. Und wir summten unser Lied:

Wo ist der Wind
der mein Haar kitzelt
der Wind, der mich streichelt
der Wind, der mich umgibt
wo ist der Wind der Freiheit
den ich, so wie er mich, geliebt

Und jetzt, so reich sie auch je sein mögen oder gewesen wären
jetzt, jetzt sind meine Hände leer
und in meiner Tasche
der Wink der Freiheit so schwer

Da mein Leben
in meiner Hand gewesen
und einfach zerbrochen
alles Glück zerflossen

Und doch
ist mein Wille ungebrochen
im Gegensatz zu mir
wollte er nie zerbrechen
ich frage mich, wie lange
mein Körper
ihn noch noch tragen kann
meinen unzähmbaren Willen

Mit gläsernen, verzerrten Augen sah er mich
an. „Komm her", sagte er zu mir. Ich ging
neben seinem Sessel in die Hocke. „Was gibt's
denn?" „Hm, muss mit dir reden. Also ich will
zurück in den Norden." „Was?" Damit hatte
ich jetzt nicht gerechnet. „Wieso denn? Weißt
du, wie weit das ist ?" „Na und?", er versuchte
sich aufzurichten , er roch nach Schweiß,
Alkohol und Tabak. „Pass auf, es hat einen
Grund." Er packte mich mit beiden Händen an
den Schultern. „Ich will Dean da rausholen,
ich weiß genau, er würde uns folgen, er würde
mitkommen. Er hat an mich geglaubt, an
meine Idee, so wie kein anderer außer
vielleicht dir. Verstehst du?" Er sah mich
durchdringend an. Ich wusste, er wollte mich
mit seinem Blick, seinem harten Griff auf
meinen Schultern überzeugen.Er würde keine

andere Antwort außer Ja akzeptieren.

Ich dachte kurz nach und sagte dann leise „Ja … ja ich verstehe." Jonny lachte plötzlich glücklich auf. „Ich wusste, auf dich ist Verlass. Weißt du, Dean is einer von uns, den Jungen können wir nich einfach dalassen, der wird sich alleine, verlassen fühlen. Stell dir vor, ich hätte dich zurückgelassen." Warum musste er mich als Beispiel nehmen? Das zwang mich daran zu denken, wie es mir ginge, wenn ich jetzt noch Zuhause wäre. Niemand würde mich verfolgen, niemand wäre nachtragend oder böse. Ich wäre bei meinen Eltern und das wäre gut so. Jonny wusste nicht, dass ich erst an uns zweifelte, das ich immer noch leise Zweifel habe, doch er durfte es nie erfahren. Stattdessen sagte ich verzweifelt lachend zu ihm: „Hätte dir das nicht ein paar hundert Meilen früher einfallen können?" „Ich hatte Panik", sagte Jonny. „Die Bullen auf unseren Fersen und dann noch der Detektiv. Ich wollte erstmal weg von da. Außerdem hätten wir ansonsten so manches hübsches Mädchen nich kennen gelernt, oder?", stieß er mich an und lachte laut auf. Ich versuchte ein ehrliches Lächeln aufzubauen: „Ja, hast recht." Jonny lehnte sich zurück, den Kopf in den Nacken, sah er mich abschätzend an. „Ja", sagte er noch, „Wir holen Dean da raus", und wendete seinen Blick zum Fenster. Gott sei dank, ich ertrug es in diesen Momenten nicht, wenn er mich ansah, es kam mir vor, als würde er mich komplett durchschauen, nichts war mir unwohler gewesen als das. „Und", sagte Jonny noch, bevor er auf dem Sessel eindöste, „nirgends gibt es so geiles Gras …"

Er war eingeschlafen. Kristen kam und legte eine Decke über ihn. Sie sah mich ernst an:„Es ist glaub ich nich so einfach für ihn. Also nich so einfach wie er immer tut." Ich nickte ihr zu. „Ja, das ist wahr, aber er schlägt sich gut." Sie küsste ihn auf die Wange und eine Träne kullerte über ihre. Ich kannte sie und ihre Launen, aber Tränen sah ich dennoch selten. Ich fragte mich immer wie sie damit umging, dass er auch mit anderen Mädchen schlief. Sie liebte ihn. Offensichtlich. Aber ich fragte mich, ob sie da nich auf Fels gestoßen sei.

„Du liebst ihn", sagte ich. Ich erwartete kaum eine ehrliche Antwort, Kristen war sehr stur und es war schwierig in ihr zu lesen. Aber bei mir war das oft anders, sie redete einfach über alles mit mir. So kam es mir zumindest vor. Überraschenderweise sagte sie: „Ja, ich liebe ihn. Aber nicht so, wie du vielleicht denkst, es ist alles so anders mit ihm. Und Jonny ist so, naja, schwierig. Auch wenn du es nicht merkst, ich denke, so wunderbar er auch ist, der, der er ist, gefällt ihm nicht immer. Ich glaube, ein normales Leben würde er auch gerne mal leben. Ich hatte so gehofft, doch dass Jonny tun würde, was er tut, hätte ich mir ja denken können." „Das hab ich nie gewollt. Es tut mir leid", versuchte ich sie zu beschwichtigen. Mehr kam nicht aus meinem Mund außer versuchtes Flüstern, Ringen um bessere Worte als „tut mir leid".

Ich legte meine Hand auf ihren Arm. „Weißt du, ich wünschte, mein Herz hätte sich anders entschieden," sagte sie. Mit brüchiger Stimme fuhr sie fort: „Ich hätte mich auch lieber in dich verliebt. Aber als ich ins Heim kam, war ich so alleine, oh Gott, ich war so schrecklich allein." Ich weiß nicht, wie es geschah, aber auf einmal lag sie in meinen Armen. „Ich war so alleine", führte sie schluchzend fort. „Und da war dann er. Für mich war das wie eine

Welt voll Monster und unter ihnen Jonny. Er hat mir nur einmal die Hand gegeben und gesagt: ‚Ich pass auf dich auf.' Von da an hatte ich keine Angst mehr. Egal wer mich von da an schlagen wollte, Jonny hat meine Prügel stumm eingesteckt. Vielleicht is dir die Narbe aufgefallen, die er am linken Ohr hat. Diese Narbe hätte meine sein sollen. Diese und viele mehr, wäre er nicht da gewesen. Er hat den Schlag abgefälscht, doch das Messer hat noch sein Ohr gestreift." Ich wusste nichts, was ich dazu sagen sollte. „Ja", flüsterte sie. „Ich hatte nie einen Menschen mit so einem traurigen Blick gesehen. Deshalb bin ich verdammt zu meiner Liebe zu ihm! Kann man sich das vorstellen, verdammt zu lieben? Mit Liebe bestraft.

## 6 Nachtleben

Von da an ließen wir uns, während wir in dem Hotel schliefen, tagsüber draußen fast nie sehen, außer für das Nötigste. Wir lebten bei Nacht. Gingen durch die Viertel der Stadt, überall, wo was los war, waren wir dabei. Schnell hatten wir uns einen Namen in den Klubs gemacht, einige begrüssten uns nach zwei oder drei Tagen wie Stammkunden. Und Jonny, den kannte die ganze Stadt. Inzwischen sollten wir uns nicht wundern, wenn der Detektiv uns schnellstens findet. Mark machte das zunehmend Sorgen, doch Kristen und Jonny schien das gleich zu sein. Die beiden öffneten sich meiner Person immer mehr und Mark gegenüber verschlossen sie sich zunehmend. Mir sollte es recht sein. Es hatte nichts mit meiner Abneigung gegen Mark zu tun, doch es ging mir einfach so, als sollte er nicht hier sein. Er hat bei seinen Zieheltern gewohnt, weil ihn die seinen, wohl von Geburt an, nicht wollten. Vielleicht wirkte er deswegen so verbittert. Er war ein ungewolltes Kind, riss aus von seinen Pflegeeltern, immer wieder, bis es gelang oder sie ihn ziehen liessen und er traf Jonny unterwegs, gemeinsam kamen sie dann in meine Heimat, die Pflegeeltern wollten ihn nicht wiederhaben, also kam er zu einer Pflegefamilie bei uns in der Nähe, nicht in das Heim. Was unseren Aufenthalt anging, wurde mir bewusst: Lange werden wir nicht mehr hierbleiben können. Also traf ich rasch einige Vorbereitungen für eine schnelle Abfahrt.

Kristen schrie und kreischte aufgewühlt durch den Raum, als sie mit mir tanzte, ich lachte und Jonny hüpfte mit einem Mädchen auf der Schulter über die Tanzfläche. Mark saß alleine abseits an einem Tisch und trank. „Was is denn mit dem los?", wollte ich von Jonny wissen. „Ach, keine Ahnung, is mir auch egal." „Was hast du in letzter Zeit gegen ihn?", hakte ich nach. „Ich vermisse meinen guten Kumpel Dean, den Dean, mit dem ich Nächte durchmachte, der Dean, der mir half und dem ich half, was auch immer war, und der ihm Gegensatz zu gewissen andern", er rollte die Augen in Richtung Mark, „kein Langweiler war. Ich habe echt nichts gegen ihn, aber ich glaube, Mark hätte nicht mitkommen dürfen, wäre er doch nur nicht so verdammt besoffen gewesen. Ich dachte, er würde zu uns passen, aber du merkst es, er sehnt ich nach seinen lieben Pflegeeltern zurück mit nem warmen Bettchen und ner warmen Mahlzeit. Er vermisst seine Routine, für ihn sind wir wahrscheinlich nur ein Haufen Bekloppter. Und weißt du was? Ich verstehe ihn. Aber dennoch, er zerstört alles und das kann ich nicht zulassen."

Genau in diesem Moment sprang etwas großes blondes auf Jonny zu und riss ihn von den Füßen. Das große Blonde war nichts weiter als Kristen. Sie knabberte an seinen Ohren. Leidenschaftlich küssten sie sich auf dem Boden der Tanzfläche. Ich lachte. Ich dachte, zumindest weiß ich genau warum ich mit den beiden Verrückten mitkam. Doch weiter kam ich mit meinen Gedanken nicht, Kristens und Jonnys Hände rissen mich zu Boden und wir kämpften und tobten, tanzten und schrien eine ganze Nacht.

Es endete, als wir gegen Morgengrauen zurück zum Hotel taumelten. Jonny hatte seinen Verstand wieder mit Alkohol und Pot benebelt. Und ich wusste, dass er sich jetzt jeden Moment wieder in den Poeten verwandeln würde. „Die Nacht", sprach er. „Die Nacht, die mich an alles erinnerte, bis die Sonne aufging, ich sah zurück, sehe mein Glück dennoch im jetzt und hier und dafür Himmel danke ich dir." „Wie ist das?", fragte er berauscht. Ich wollte mit ‚gut' ansetzen,

doch er unterbrach mich: „Wadde Junior, es
geht noch weiter.“

Es geht immer weiter
eine Nacht folgt der Nächsten
und wie viele Gesichter
die wir nie sahen
und nie sehen werden
gucken in den Himmel
wie wir heute
werden oder haben ihn angeblickt

Und sahen wie ich in ihm das Glück
in ihm das Wunder der Erde
dem keine Schönheit je gewachsen werde

Kühl uns stark wacht er über uns
setzt sich ein
bis die Sonne ihn ablöst und er sich auf der
anderen Seite der Welt
zum Schutz seiner Schützlinge stellt
bis er und die große Sonne tauschen
deshalb
vergiss nie
nie
wie schön er ist

„… wie schön der Himmel ist", sprach ich die letzte Zeile. „Ja, wie schön der Himmel is", murmelte Jonny zustimmend. „Das Leben is so geil." Er lachte und wurde sofort wieder ernst: „Wir dürfen nicht vergessen, wie geil unser Leben ist."

„Ja, das Gedicht gefällt mir, können wir so stehen lassen", sagte er und wir grinsten uns an. Mit Jonny und Kristen, das war mehr als eine Freundschaft, ein paar Verrückte, die es krass fanden auszureißen, nein, das war Kunst. Wir sprachen alle endlich dieselbe Sprache, sahen alle die gleiche Farbe, das was ich mir für alle Menschen wünschte, wir verstanden uns, bis in den tiefsten Grund unseres Denkens. Stille Einigkeit. Nicht perfekt, aber nahezu. „Jungs", sagte Kristen hinter uns, sie taumelte etwas. „Habt ihr euch überlegt, wie wir in das Zimmer klettern, so voll wie wir sind?" Sie grinste. „Das findest du wohl witzig?", wollte ich sie ärgern. „Hahaha", rief Kristen, „Hihi wir sin so am Arsch, ups wadde ma…" Sie übergab sich direkt auf dem Bürgersteig, wischte sich über den Mund. „Das war dringend nötig, huhuhu." Ich und Jonny tauschten Blicke. Er strahlte übers ganze Gesicht. Und wir lachten.

## *Jene Nacht – die Nacht der Freien*

Die Nacht, die Nacht, die mich an alles
erinnert, bis die Sonne aufging
ich sah zurück
sehe mein Glück
dennoch im jetzt und hier
dafür Himmel danke ich dir

Eine Nacht folgt der Nächsten
und wie viele Gesichter
die wir nie sahen
und nie sehen werden
gucken in den Himmel
wie wir heute
haben ihn angeblickt
sahen in ihm das Wunder der Erde
dem keine Schönheit je gewachsen werde
kühl und stark wacht er über uns
setzte sich ein, bis die Sonne ihn ablöst
und er sich auf der anderen Seite der Welt
zum Bewachen seiner Schützlinge aufstellt

Deshalb
vergiss nie
nie, wie schön er ist
wie schön der Himmel ist

Irgendwie kamen wir in das Zimmer hinein, nach mehreren Anläufen und einer Leiter, auf der wir Kristen hochhievten. „So Kleiner, ab ins Bett", sagte Jonny und schmiss sich auf das Doppelbett. „Bald brechen wir auf und holen Dean da raus, wir waren lange genug hier." „Stimmt", bestätigte ich, „würde mich nicht wundern, wenn die Bullen uns bald die Tür vor den Augen aus den Angeln sprengen. Ach Jonny, das war ne Nacht." „Ja", flüsterte er und nahm mich fest in die Arme. „Das war ne Nacht mein Freund, nein, was rede ich, mein Bruder. Mit dir habe ich einen Freund gefunden, wie man sich ihn wünscht." „Danke Mann, ich mit dir aber auch." „So, jetzt muss ich aba ma penn", beendete Jonny, fiel geradewegs ins Bett und schlief ein. „Gute Nacht", sagte ich und legte mich auf meine Matratze neben Mark, der schon früher hergekommen war.

„Zeit zu gehen", weckte mich Jonny. Ich bekam eine kalte Dusche. „Wa…was is'n?" Jonny erschien vor meinen schläfrigen Augen, eine Kanne in der Hand. Er lachte: „Na ausgeschlafen, Scheißerchen?" Er rüttelte Mark wach. „Ey Arschloch, Zeit zu gehen." Mark war ähnlich verblüfft wie ich. Es trommelte gegen die Tür. „Aufmachen, sofort", rief eine Männerstimme. „Wir machen uns nicht nur Freunde in der Stadt", sagte Jonny. „Keine Zeit für Erklärungen, nur soviel, offensichtlich hat man rausgefunden, dass wir nicht ganz soviel Miete für die Suite bezahlen. Ich habe die Tür verkeilt, als sie grade reinspazieren wollten, daraufhin hat der Hotelverwalter die Bullen gerufen, hab ich noch was vergessen?" Er blickte fragend umher, das Trommeln der vielen Hände an der Tür schien ihn nicht zu stören, nicht im Geringsten, wohl eher im Gegenteil. Es feuerte ihn an, reizte ihn in seinem Wahn. „Nein, glaube ich nich", fügte er hinzu. „So Schnucki, jetzt, wo du alles weißt, könnten wir vielleicht gehen, danke sehr." Er nickte ironisch dankbar und grinste. Kristen hatte unsere Sachen bereits gepackt. Besser gesagt: provisorisch zusammengekramt. „Los geht's", rief sie.

„Moment", Jonny schlenderte seelenruhig zum Schrank und nahm eine Spiritusflasche heraus. Den Inhalt kippte er vor die Tür und warf ein Streichholz hinein. Sofort brannte es lichterloh. „Das wird sie für's Erste aufhalten." Wir sprangen aus dem Fenster, gerade als ein Polizist mit Schlagstock in der Hand die Tür einbrach. Fast hätte er mich noch am Arm erwischt, als ich sprang. Wir rannten zum Auto, das wir in einer anderen Straße abgestellt hatten. Als alle eingestiegen waren, fuhr Jonny los. Wir jubelten und schrien, mein Kopf dröhnte schlimmer als zuvor, dennoch war die Freude groß, entwischt zu sein.

Ich wollte direkt weiterschlafen, als das Auto nur einige Blocks von dem Hotel enfernt stehen blieb. Jonny flüsterte: „Fuck, der springt nicht an." Er wich Kristen's anklagendem Blick aus und sprach: „Nehmt alles mit, was wir unbedingt brauchen, den Rest lasst hier." Wir liefen die Straßen hinauf, immer weiter in Richtung Stadtrand. Wir müssen es schaffen, dachte ich, wir werden es schaffen. Ich schwitzte stark, war von der vergangen Nacht noch komplett geschafft, die anderen auch. Ich wollte nichts mehr als schlafen. „Ne Streife", kam es von Jonny. Wir bogen schnell in eine andere Straße ab, um parallel zur Straße zum Stadtrand zu kommen. „Schneller", sagte er. Alles in mir sträubte sich, aber ich lief schneller.

Nach zwanzig Minuten zu Fuß waren wir fast aus der Stadt raus. Als wir nach einer weiteren Viertelstunde die Gefahr endlich hinter uns ließen und auf einer Betonstraße abseits der Hauptstraße gingen, verlor Mark seine Scheu vor Kristen und fing an endlos herumzumeckern, Kristen störte es in diesem Falle nicht, sie ging weiter mit leerem Blick, der nur eins aussagte: Müdigkeit, Erschöpfung. Aber Jonny war es, den es nervte. „Na toll, jetzt haben wir nicht mal mehr ein Auto. Noch is es warm, aber es soll die nächsten Tage beschissenes Wetter geben", begann Mark. „Außerdem", er zählte an den Fingern ab, „kein Auto, kein Geld, kein Essen, kein Zelt, wo sollen wir pennen? Ich habe nicht mal ne Ahnung, wo wir sind." Er wollte nicht aufhören. Es dauerte nicht lange und es nervte auch mich. Mein Fuß schmerzte leicht, ich hatte einen höllischen Kater und vor allem hatte ich Angst!

„Das war ja ne klasse Idee, Jonny", berief ihn Mark. „Einfach mal drauf losfahren, scheiß drauf was passiert oder wer dabei draufgeht, die Bullen, ein Privatdetektiv, und ein durchgeknallter Pfarrer sind uns auf den Fersen." „Der Pfarrer nicht mehr", unterbrach ihn Jonny ruhig. Mark schluckte. Ich hielt inne. Was würde mit Jonny geschehen, wenn er ihn umgebracht hatte, was würde mit uns allen geschehen? Ein Mord, noch dazu an einem Geistlichen, würde nicht ungesühnt bleiben. Mich überkam Panik in diesem Moment, das war doch alles Wahnsinn. Das konnte doch alles nicht real sein? Aber es war unglaublich, wie erschlagend die Realität war.

Auf beiden Seiten der Straße lag ein großes gerodetes Feld, wir kamen gerade an einer weißgestrichenen Hütte mit eingeschlagenen Fenstern vorbei. Und plötzlich, zuvor noch ruhig und bestimmt, ein Beispiel der Selbstbeherrschung, schrie Jonny auf:„UND? HALT DIE FRESSE! HALT EINFACH DIE FRESSE." Er dreht sich ruckartig um und stieß Mark mit beiden Händen gegen die Brust, Mark stieß zurück. „ICH HABE GENUG VON DIR DU IRRES ARSCHLOCH", brüllte er zurück. Mit erschüttertem, verzweifeltem Gesichtsausdruck ging er auf Jonny los. Er packte Jonny's Arme, drehte sie in alle Richtungen, trat nach ihm. Wie ein Wahnsinniger, als ginge es um sein Leben, kämpfte er.

Mein Blick verfolgte den Kampf. Ich stand verkrampft da und unternahm einfach nichts, wie immer. Nichts. Kristen wollte dazwischen gehen, doch bevor sie handeln konnte, hatte Jonny seine Hände befreit. Ein kalter Gesichtsausdruck, der auch mir Angst machte, bestimmte seine Züge. Vier hammerharte Schläge, zwei in das Gesicht und zwei für den Bauch, brachten Mark zum verstummen. Kristen schrie. Er krümmte sich auf den Boden vor der weißen Hütte. „D…du Arsch, ich hasse dich." Es fiel ihm schwer zu sprechen. Sein Gesicht war hochrot angelaufen. Der Schaum lief aus seinem Mund und er heulte vor Schmerz. Winselnd und sabbernd lag er am Straßenrand. Es sah erbärmlich aus und unglaublich bemitleidenswert.

Ich wusste nicht einmal, was ich denken sollte. Es war so schnell gegangen, ich hatte es kaum registriert. Gerade eben waren zwei meiner Freunde aufeinander losgegangen und der eine hatte den anderen hart verprügelt. Jonny setzte an zu sprechen: „W…wer is … ach was solls …" Seine Worte gingen in einem Laut seiner brachialen Wut unter. Er packte Mark mit beiden Händen, hob ihn über das Haupt und schleuderte ihn direkt auf die Tür der kleinen Hütte zu. Mark kollabierte mit der Tür, sie zerbrach unter seinem Gewicht, er landete hart auf dem Heuboden in der Hütte. Er hustete, stöhnte und weinte. Ein Bild, das viel Mitleid in mir regte. „Verpiss dich", rief er. Er spuckte Mark ins Gesicht. Im Gegensatz zu gerade eben wieder sanft und bestimmt sagte er dann: „Und du warst mein Freund!" „Jonny", flüsterte Kristen, zärtlich und bestimmt, schwer atmend in sein Ohr. „Lass uns jetzt gehen."

Wir gingen weg und Mark folgte uns nicht mehr. Ich wusste nicht einmal, ob er noch dazu in der Lage war. Und zum ersten Mal hatte ich Angst, richtige Angst vor meinem besten Freund. Es erinnerte mich wieder an das Motto „Fressen oder gefressen werden", ohne Gnade und Rücksicht. Jeder Mensch ist eben nur ein wildes Tier. Mensch, diesen Begriff hat sich dieses Tier selbst gegeben. Mensch ist zu nett, viel zu nett und unwahr. Wir sind keine Menschen. Wir sind grausame, brutale, egoistische Bestien. „Humanität", sagt man, doch das ist nicht unsere Natur. Ein Tag wie heute beweist mir das einmal mehr.

Den Rest des Tages sprach keiner ein Wort. Gen Abend fanden wir Unterschlupf in einer kleinen Scheune, ausreichend zeitig genug, um vor dem herankommendem Regen Schutz zu suchen. „Ok", sagte Jonny und lächelte uns an. „Heute mal ohne essen, morgen wird's wieder besser. Keine Sorge. Also folgender Plan. Wir brauchen ein Auto und das finden wir nicht hier in der Pampa, deshalb müssen wir morgen solange wandern, bis wir in einen vernünftigen Ort kommen, dort bleiben wir dann den Tag, klauen ein Auto und fahren die halbe Nacht durch. Dann wird erstmal geschlafen und danach fahren wir auf dem schnellsten Weg zurück in die Scheiße und holen Dean da raus, dann drücken wir weiter auf's Gas und, wenn wir ein paar tausend Kilometer zwischen uns und die Bullen gebracht haben, suchen wir uns erstmal ein stilles Plätzchen und ruhen aus.

Ham wir uns dann echt verdient. Seid ihr einverstanden?" Wir nickten. „Bis dahin", versuchte Jonny die Stimmung zu lockern, „Ham wir's doch hier ganz gemütlich." Und er streckte sich auf dem Heuboden aus.

Kristen ließ sich am wenigsten anmerken, dass etwas geschehen war, das in unserer Gruppe liegt. Jemand, der sie nicht kannte, hätte gesagt, es sei ihr scheinbar egal. Doch sie dachte darüber nach, die ganze Zeit, denke ich. Sie kuschelte sich an Jonny, er nahm sie in den Arm. Vielleicht war es anders, vielleicht weil sie ein Mädchen war. Ich könnte mir nicht vorstellen, jetzt so nahe bei ihm zu liegen, ich habe Furcht und sie ist da, aber ich halte meine Angst unter Kontrolle, denn es hilft nichts. Ich muss mich zusammenreißen. Vielleicht fürchtet sie sich nicht vor ihm, weil sie davon überzeugt ist, dass er ihr nichts antun würde. Nun vielleicht war nur ich so naiv zu glauben, dass er nie einem von uns etwas antun würde. Und Marks Worte waren wieder da, in meinem Kopf: „Jonny ist nicht der für den wir ihn halten. Er ist kein Held. Er ist manipulativ, verantwortungslos und gefährlich." Was waren das für Gedanken, ja er war auf seine Art einzigartig, auch unberechenbar, aber wirklich gefährlich? Ich wusste es nicht.

Ich lächelte die beiden an, Kristen lächelte lieblich zurück. Sie hob die Arme und sah mich voller Andeutung an. Ich legte mich neben beide, sie schlang den Arm um mich, jetzt lag sie zwischen mir und Jonny. „Wir sind doch jetzt eine große Familie", sagte sie. „Recht hast du", meinte Jonny mit hoher Stimme, er hatte einen Joint ihm Mund und inhalierte tief. Sie verdrehte die Augen. Es dauerte nicht lange und Jonny hatte mit seiner angeheiterten Laune auch die Unsrige etwas aufgebessert. Noch bevor wir einschliefen lachten wir ausgiebig und staunten darüber, wie man darüber lachen kann, wenn alles so scheiße ist. Mark wurde – für heute – ein Stückchen schwächer in meinen Gedanken.

Es war noch dunkel, als Jonny uns weckte. Ein Hahn krähte gerade. „Lasst uns gleich aufbrechen", nuschelte Jonny. Kristen und ich tauschten wissende Blicke, als er voraus stapfte. „Ich glaube nicht, dass er diese Nacht geschlafen hat", sagte sie lächelnd. „Nein", ich schüttelte den Kopf. Zwei Stunden marschierten wir durch die Einöde, Jonny taumelte voran, lachend und singend, immer mit einer Zigarette im Mund. Nach einer weiteren Stunde nahm Kristen ihm die Karte ab und ging voran, wir trafen auf Gehöfte, Felder, kleine Siedlungen, Wassertürme, auf die Jonny geklettert wäre, wenn Kristen ihn nicht davon abgehalten hätte. Ich sah Bäume, Berge, Wälder und Täler, und immer die Straße vor mir.

Immer Staub im Mund
immer Staub im Haar
immer Staub im Haar
immer wieder da

Immer wieder weiter
immer wieder hoch
immer, immer größer
lass die Welt nie mehr los

Immer auf der Straße
immer in der Menge
immer unter Menschen, immer im
Lebensgedränge

Immer auf Achse, immer auf weiter Flur
immer auf weiter Flur
ohne Zeit und auch ohne Uhr

Jonny hatte das Gedicht gehört und stieg mit
ein, seine dunkle Stimme erfüllte die
namenlose, heiße Luft, die von der Stille so
besessen schien.

Immer direkt im Feuer
immer direkt am Rauch
immer wieder gehen wir unter
und immer wieder stehen wir auf

So gefüllt von Liebe
Liebe für den Augenblick
heißes Blut für den Moment
und wertlos der Blick zurück

Immer wieder dasselbe
immer wieder allein
immer sage ich dasselbe
meine Seele ist am schreien

„Jungs", sagte Kristen bestimmt. „Wir haben
jetzt schon viel erlebt. Ich liebe euch einfach."
„Ich dich auch, Zuckerschnäckchen", kam von

Jonny. „Ich dich auch", murmelte ich verlegen, doch Kristen hörte es genau. Sie schenkte mir ihr wunderschönes, ehrliches Lachen. Ihr ehrlichstes Lachen, welches man nie sah, wenn sie rauchte oder trank, das war anders, das war Freude, ja, aber nicht Freude, die aus dem Herzen kam. Außer beim Tanzen, da ging sie auf, und sie konnte so gut tanzen.

Ich spürte meine Beine fast nicht mehr, als wir endlich an eine Ortschaft kamen. Inzwischen waren wir nur noch fertig. Wenig Schlaf, viel Bewegung und der Essensmangel machten sich stark bemerkbar. „Ihr wartet hier", sagte Jonny beim Ortseingang. „Das kann 'ne kleine Weile dauern, ruht euch aus." Wir setzten uns ins Gras, ich schrieb die Erlebnisse des Tages auf. „Was würde ich jetzt für 'nen Kaffee geben", maulte Kristen. Es verging eine halbe Stunde, dann war sie, an meiner Schulter gelehnt, eingeschlafen. Sie war noch erschöpfter als ich.

Wir warteten drei Stunden. Gerade als sich Krisi beschwerte, was er denn so lange brauche, hörten wir ein Hupe und ein neureif aussehender Mercedes fuhr vor. Jonny grinste uns breit hinter dem Steuer an. „Hüpft rein", rief er. Wir nahmen auf dem Rücksitz Platz. „Wir sollten uns beeilen, die Hüter des Gesetzes waren mir auf den Fersen", und prompt fuhr er los. Wir nahmen einen Umweg, um den Ort zu meiden. Der Mercedes war geräumig, mit Klimaanlage, was uns die Hitze sehr gut aushalten ließ. Der Tank war voll und zurück ging es in den Norden. Ein totales Selbstmordkommando, wie Jonny sagte, und dabei trotzdem munter weiter lachte. Meilen um Meilen legten wir zurück. Schnell war es Dunkel. Wir fuhren die halbe Nacht durch, bis wir am Straßenrand anhielten. Manchmal hatte ich das Gefühl, Jonny schien keinen Schlaf zu brauchen. Wir schliefen einige Stunden, dann fuhren wir weiter.

Bei einer Tankstelle stiegen wir zum ersten Mal aus. „Dann wollen wir mal", meinte Jonny. Er tankte voll, gerade als der Inhaber aus dem Häuschen rannte, fuhren wir schon weiter. „Das war ja ein Klacks, der hat geschlafen wie ein Toter", keifte Jonny durch das Auto. „Zeit, einen durchzuziehen", meinte Kristen und Jonny nickte ihr zustimmend zu, wir alle lachten ausgiebig. „Oha", Kristen tat geschockt, „wir sind am Arsch." Ihr ernstes Gesicht blickte uns an. „Was is'n?", fragte ich besorgt. Auch Jonny sah ernst aus. „Wir haben fast kein Gras mehr", schrie sie und prustete laut los. „Du albernes, dummes Ding", lachte Jonny und kitzelte sie mit einer Hand. Er verlor für einen Moment die Augen von der unebenen Straße. „JONNY", warnte ich ihn, gerade noch rechtzeitig, bevor er die Knautschzone des Wagens mit einem Eisenzaun ausmessen würde. Schnell lenkte er wieder gerade. „Ups, das war Kristens Schuld, sie hat mich abgelenkt." „Von wegen", konterte sie. „du bist noch ganz dicht von gestern, glaube ich." Sie lächelte ihn herausfordernd und zugleich verführerisch an. „Du willst wohl Streit mit mir?", meinte Jonny scherzhaft.

So verging der Tag, die Nacht schliefen wir im Auto. Es war weitaus bequemer und jeder hatte weitaus mehr Platz als im Golf vom Pfarrer. In solchen Nächten liege ich einfach nur da, starre in den Himmel und schreibe, schreibe. Ich schreibe alles auf. Dieses so absolut einzigartige Erlebnis, von Tag zu Tag kommen tausende, den Charakter formende

Erlebnisse dazu, die ich niemals alle festhalten kann. Mein Tagebuch ist ein Witz gegen die Erlebnisse, die sich hier zutragen. Es ist so schön, unbeschreiblich schön, hier einfach dem Schlaf entgegen zu schreiben und zu leben. Es ist so schön. Obwohl jene Nächte nur irgendwelche von vielen sind, im Auto am Straßenrand, bin ich dann immer am allermeisten bewegt und inspiriert. Bis ich endlich einschlafe, vergeht so oftmals viel Zeit.

## 7 Zweifel

Am nächsten Tag brachen wir wieder früh auf. Jonny weckte uns mit Kaffee und Donuts, wir aßen unterwegs. Wir fuhren nur und schliefen, machten so wenig Pausen wie möglich. Als Jonny sagte, wir würden durch unsere alte Heimat durchfahren, brauchte es kaum Zeit und mich beschlich ein seltsames Gefühl. Dort lebten meine Eltern, meine alten Freunde, all das, was ich aufgab für diesen Wahnsinnstrip, um meine Ideale, meine Fantasie und auch meine Kunst, sowie meinen Glauben und meine Überzeugungen auszuleben, doch es kam mir auf einmal so albern vor, dieses Ideal.

Die Stimme der Vernunft meiner Eltern rückte in mir ein, nahm für diesen Moment die Kontrolle über mich und machte mich schwach, ich verlor an Überzeugung und fragte mich, ob ich wahnsinnig sei, mit einem Junkiepärchen quer durch die Welt zu fahren, ohne Ziel, ohne scheinbaren Sinn; ich kämpfte mit mir. Dann erinnerte ich mich genau weswegen ich mitfuhr, weil man nicht vernünftig darüber reden kann, weil es Wahnsinn ist, weil es aber auch das ist, was – meiner Überzeugung nach – „frei" bedeutete. Ich blieb unserem gemeinsamen Prinzip treu, unsrem Kodex, aber dennoch dachte ich an meine Heimat, an die ich zuvor nicht einen Gedanken verloren hatte. Ich vermisste meine Eltern. Meinen Hund, mein altes Leben. Dennoch wollte ich nie wieder, so dachte ich, zurücktauschen. Und vielleicht war es auch das Richtige. Auch wenn die meisten ja sagen würden, dass das, was wir hier machen, Wahnsinn sei.

So vergingen drei weitere Tage strenges Autofahren, bis es dann nicht mehr all zu weit war. Soviel erkannte ich wieder. Einen großen See, gut geeignet zum Picknicken, mit Spielplatz, an dem meine Mutter und ich früher oft waren. Wieder bekam ich Heimweh, das musste ich unter Kontrolle halten. Meine Eltern würden mich schon wiedersehen, wenn nicht jetzt dann in der Zukunft. Jonny konnte das wohl nicht immer verstehen, er und Kristen hatten keine Eltern mehr, zumindest keine, die ihnen eine Tür öffnen würden oder gar könnten, und vor allem keine Eltern, die ihnen vergeben würden, keine Mutter, die sie in den Arm nehmen würde, sie lieben würde. Mein Inneres heulte praktisch auf vor Mitleid und langsam wusste ich, dass nicht Jonny der zu Beneidende war, sondern ich.

Ich verstand nun, was er und Krisi an mir schätzten, dass ich das freiwillig aufgegeben hatte, was sie wahrscheinlich nie wieder haben würden: Eine Familie, Mutter, Vater und eventuell Geschwister. Gemeinschaft und einfach Liebe. Ein Kreis, in dem man sich liebt, weil das gleiche Blut durch die Adern fließt und der gleiche Name an der Tür steht.

Und da verstand ich, was mich so selbstsicher mit auf die Reise gehen ließ, erst da dachte ich ernsthaft über meine Motivation für die Reise nach. Diese Erkenntnis traf mich hart. Ich war von mir selber ganz überrascht. Ich hatte kaum an die Hintergründe gedacht. Immer nur war mein Blick auf das Geschehen gerichtet. Immer nach vorne. Die Selbstsicherheit kam daher, dass ich ein intaktes Elternhaus hatte, das sich um mich kümmerte, das ich noch nicht volljährig war und das mir im schlimmsten Fall selbst für die Brandstiftung der Kirche bloß eine Zeitlang im Jugendknast drohte, ich wusste wohl genau, dass meine Eltern mich nie weggeben oder gar aufgeben würden. Und vor allem wusste ich, dass sie mich liebten! Doch der Schutz durch die Tatsache, dass ich noch nicht volljährig war, würde in acht Monaten enden, mit meinem achtzehnten Lebensjahr. Dann war ich auch in den Augen des Gesetzes ein Verbrecher.

Verbrecher. Dieses Wort. Es klang so rau und hart, so als würde man meine Gefühle auf einem Amboss bearbeiten. Es ist so albern: Verbrecher. Ein Verbrecher, ich, ich meine ich war doch einfach nur ich. Was war daran falsch, an mir? Und ohne mich selbst zu entschuldigen oder gar in Schutz zu nehmen, wurde mir klar, dass, immer wenn ich in der Vergangenheit von Einbrechern gehört oder gelesen hatte, das oft Menschen wie ich gewesen waren. Das waren keine Verbrecher, nein, das waren Menschen. Und für einige Menschen scheint da ja ein Unterschied zu bestehen.

Ich erinnerte mich an die Worte, die einst Jonny gesprochen hatte, noch bevor wir aufbrachen: Wir könnten nichts dafür, dass wir sind, was wir sind, nicht wir haben uns gemacht, sondern die Welt. Sie hätte uns geformt und zu dem Abfall gemacht, der wir sind, oder zu dem gutem Herz, dass wir in uns tragen. Und die Schlussfolgerung von alledem sei: Nicht Gott macht die Welt zu der, die sie ist, sondern wir! Wenn an dieser Erkenntnis etwas dran ist und diese Erkenntnis wirklich eine ist, dann sollte ich mir die Frage stellen, ob man mit diesem Wissen überhaupt noch glücklich sein kann. Mich jedenfalls machte es kaputt.

Doch wenn man nicht mehr anstrebt, glücklich sein zu wollen, dann ist es erstaunlich, ja beängstigend, womit man alles lernen kann zu leben. Und wie viel ein jeder ertragen kann.. Dabei ist es doch nur das Leben. So einfach, so kompliziert, so kurz, so lang und so schlecht und so unnötig. Es ist erstaunlich, wie viel uns Menschen unser Leben bedeutet, was wir alles bereit sind auf uns zu nehmen, nur damit es nicht endet. Wir haben doch nur Angst vor dem Ende. Doch vielleicht ist für manch einen das Ende das Beste, was einem passieren kann.

Noch ein Tag, dann wären wir da und würden versuchen, Dean mitzunehmen. „Ok Jungs", eröffnete Jonny uns abends bei einem stinkenden Lagerfeuer aus ein paar feuchten Zweigen, Eierpackungen und Zeitungsresten. „Jungs?", Kristen sah in gespielt vorwurfsvoll an. „Wir hauen uns gleich aufs Ohr, morgen früh noch einmal volltanken und dann holen wir Dean da endlich raus! Die Schule ist um zwei aus, sollte sie bei ihm länger dauern, warten wir eben. Wir legen uns einfach um eins auf die Lauer und warten, damit wir ihn auch ganz bestimmt nicht verpassen." Er zwinkerte. „Sobald er rauskommt, greifen wir uns den Kleinen und zischen ab durch die Mitte und dann sind wir endgültig weg! Auf Nimmerwiedersehen." Er schnipste im Satz mit den Fingern. „Dann werden wir erstmal nur noch an uns selber denken. Dieses scheiß Kaff sieht uns nie wieder. Das ganze Land soll unsere Namen kennen, wir werden berühmt, eine Legende, und man wird uns lieben und die Bullen werden uns jagen und hassen. Doch sie werden uns nicht kriegen. Niemals!"

Während er dies sprach, drängte sich mir eine Frage auf. Die Frage, wie es denn weitergehen soll, nachdem uns das ganze Land kennt, wir uns einem Gesetzeshüter auf nicht mehr als zwanzig Meter in Deckung nähern dürfen. Wenn wir leben, leben und nochmals leben, was würde dann, wenn wir unser – nicht wirklich vorhandenes – Ziel erreicht haben, geschehen? Kann es so weitergehen? Können wir denn ewig unterwegs sein? All das ist unser Traum und wir glauben an und wir kämpfen für ihn. Wir wollen uns nicht in der Gesellschaft, wie sie eben ist, zu verkalkten Mitläufern entwickeln, wir wollen uns abheben, niemandem Böses tun, aber dennoch nicht dazugehören und dennoch behandelt werden wie jeder andere auch. Das ist doch das, was uns zusteht. Was jedem zusteht. Faire Individualität. Doch wo ist die geblieben in dieser Welt voller Egoismus? Wer etwas erreichen will, dem muss klar sein: Gerechtigkeit gibt es nicht. Das Leben ist wahrlich nicht fair.

## 8 Tausend Tomaten

Der nächste Tag stellte meine Gefühle noch einmal besonders auf die Probe. Wieder wurden wir mit Kaffee und Donuts geweckt. Jonny hatte schon einen kleinen Spaziergang gemacht und die Sachen mitgebracht. Außerdem war er schon seit ein paar Stunden dabei, faule Tomaten mit Zetteln zu versehen, auf denen groß „DIE FREIEN" stand. Auf meinen fragenden Blick hin erklärte er mir: „Die hab ich vom Markt gekriegt, sie waren froh, die faulen Dinger loszuwerden. Ich hab auf jedem Zettel unterschrieben, ihr müsst auch noch." Er drückte mir und Kristen, die gerade aufgewacht war, einen Stift in die Hand. Wie sooft verdrehte sie bloß die Augen und unterschrieb einfach. Ich tat es ihr nach. „Und was willst du mit denen machen?", fragte ich. „Die schmeissen wir durch die Straßen und Fenster unsrer alten Heimat, ich war in 'nem Copy-Shop und habe für die paar hundert Tomaten diese Zettel gedruckt. Auf dass sie uns richtig hassen werden", und er küsste Kristen. Er flüsterte ihr etwas zu, sie lächelte.

Die Vorstellung, an den Häusern meiner Verwandten und Freunde vorbeizufahren, behagte mir nicht. Und dann auch noch ihre Fenster mit diesen Tomaten abzuwerfen, an denen mein Name stand. Doch was sollte ich tun? Ich glaubte langsam, dass Jonny meine Zweifel an unserer Sache bemerkte. Er wollte mich auf die Probe stellen, ob ich noch ganz bei der Sache war, oder bildete ich mir das bloß ein? Was, wenn es offensichtlich würde, dass ich Zweifel an unserer Unternehmung hatte? Würde er mich auch verprügeln und irgendwo zurücklassen? Erinnerungen an Marks Worte, die sich in meinem Kopf stark machten. Ob er möglicherweise in einigen

Hinsichten wohl doch Recht hatte? Auf einmal kam mir Jonny wieder nur ein Stückchen mehr wie ein Mensch vor. Mehr als das: Er kam mir grausam vor, grausam und böse und genauso egoistisch wie jene, über die er immer die Hand hielt und sie kritisierte. Er war ein Scheusal. War er das? Oder war er ein Genie? Du bist klug, sagte ich mir. Du müsstest es beurteilen können. Er war Genie und Scheusal in einem.

Meine Stirn lag in Falten, Zweifel und Angst schrien aus meinem Gesicht. Meine Angst stieg von Sekunde zu Sekunde, urplötzlich wurde mir schlecht. Ich bat Jonny anzuhalten, stieg aus und übergab mich, alles was in mir war, auf die heiße Straße am Rande des Ortes. Und ein paar verstohlene Tränen waren bei meinem Ausbruch auch dabei. Ich wankte etwas, meine Magen fühlte sich an als würde er platzen. Und nochmals übergab ich mich, ich konnte nicht mehr, es kam auf einmal alles raus, diese Angst. Scheiße verdammt, ich hatte Angst vor meinen eigenen Freunden.

„Heey?", hörte ich Kristen auf einmal hinter mir. „Was is los?" „Geh weg", rief ich sie grob an. Mein Gesicht war rot angelaufen. Ich wollte nicht mit ihr sprechen, sie sollte weggehen. Ich spürte ihren Griff auf meiner Schulter, ich stieß sie weg und stolperte weiter weg von dem Wagen. Ich hörte meinen Atem, laut und röchelnd. Alles zitterte, als ich mit den Händen voran auf den Asphalt aufschlug. „Huuu … huuu … huuu", gleich einem Sterbenden sog ich die Luft ein und stieß sie wieder aus. Ich roch in meinen widerlichen Atem Kotze und alles was ich so aß und trank. Die Angst hatte mich einen Moment überwältigt. Wo war Jonny?, dachte ich mir, fast weinend, wo war er, nur er konnte mir jetzt helfen. In diesem Moment wusste ich mehr denn je, wie sich Kristen damals im Zelt gefühlt hatte. Jonny wird nicht kommen. Der wird dir nicht sagen, dass alles okay ist. Nicht der, dachte ich verächtlich.

Einige Minuten vergingen. Mein Atem und mein Herzschlag beruhigten sich wieder, die Übelkeit verging schlagartig. Zwingen musst du dich jetzt, ich musste mir selber sagen was nicht stimmte. Das sagen, was kein anderer sagte. Es ist okay, dir kann nichts passieren, du wirst deine Eltern bald wiedersehen. Alles wird ein gutes Ende nehmen. Ich stand wieder auf den Beinen. Weiter geht's.

Du musst mal locker bleiben, sagte ich mir dann, als wir nicht mehr weit von der Schule entfernt waren, die Dean jetzt besuchte. Wo ist deine Einstellung von früher hin, reiss dich zusammen. „Hey Kleiner", meinte Jonny zu mir, „alles okay?" „Ja Jonny", sagte ich leicht zittrig, „es ist alles okay." Jonny zog wissend die Augenbrauen hoch, er wusste es, er wusste alles, dachte ich. Hatte mich durchschaut. Kristen drehte sich um und sah mich vorwurfsvoll und besorgt zugleich an. „Tut mir leid", flüsterte ich, „ mir ging's grad nicht so gut." Kristen kletterte auf den Rücksitz, als sie meinen Blick sah, und nahm mich in die Arme. „Kopf hoch", murmelte sie. Sie konnte sich wohl denken, was mich bedrückte, konnte aber nichts sagen, was mir half und wirklich verstehen, was ich fühlte, wie auch? Aber – und das war am wichtigsten – sie behandelte mich immer noch wie einen, der dazugehört. Hier fühlte ich mich schon viel eher wohl als überall anders, als in der Schule oder beim Sport. Wo ich nie richtig gut ankam. Diese Orte, an denen ich nie richtig wahrgenommen wurde. Ich war nie gut im Sport oder schnell im Rennen. Ich hatte immer das Gefühl, dass alle besser waren, ich konnte mich einfach nie recht entspannen.

„Ihr kriegt bald gute Laune", meinte Jonny von vorne. „Gleich kommt der Comedian Dean zu uns." „Glaubst du, der will überhaupt mit uns mitfahren?", fragte Krisi skeptisch. „Was?", spottete Jonny. „Natürlich will der das, ich kenn doch meinen Dean." „Ja, du kanntest deinen Dean vor ein paar Monaten, bevor wir losgefahren sind, aber vielleicht gefällt ihm die Schule, vielleicht will er gar nicht weg?" Das gab Jonny sichtlich stark zu denken, er wirkte auf einmal etwas niedergeschlagen. Das war etwas, das mich so interessierte und meinen Kummer für den Moment vergessen ließ. Wie impulsiv Jonny war, jede Ader und jeder Muskel trotzte nur so vor Tatendrang und Selbstüberschätzung. Und dann gab es die andere, nicht weniger interessante Seite, die Seite, die alle Selbstüberschätzung vergaß und in der eigenen Schwäche versank, so lange bis es nicht mehr zu ertragen war und der andere wieder auftauchte aus dem Meer an angestauter

Depression, er tauchte auf, nahm tief Luft und kämpfte weiter, aber auch nur weil er ansonsten erstickt wäre. Denn unter Wasser kann niemand überleben, auch nicht Jonny. Immer mit einem Lächeln im Gesicht. Solange dieser Jonny die Oberhand bewahrte, war er zwar unberechenbar, aber wir wussten: Er würde sich und uns niemals aufgeben. Und das beruhigte mich sehr.

„Wenn wir heute in die Höhle des Löwen fahren, kriegst du am wenigsten Stress, sollten wir erwischt werden." Jonny zwinkerte mir zu. „Kristen kriegt die volle Strafe und mich buchten die sowieso ein, ob volljährig oder nicht." Seine Gesichtszüge zeugten von Härte und Entschlossenheit. Wir bogen in die Schulstraße ein und hielten ein Stück vom Haupteingang schräg gegenüber. „So, es ist halb eins", erklärte Jonny. „Jetzt müssen wir nur noch warten."

Eine knappe Stunde später klingelte die große Schulklingel. Die kleinen Schüler rannten hinaus und wollten als erstes beim Bus sein, die großen schlenderten gemächlich mit ihren Freundinnen und Freunden. Das Bild tat uns wohl allen in der Seele weh, wir wussten: Das war eine Schule wie unsere, auf der wir sein würden, wären wir dortgeblieben. „Da is er!", rief Jonny aufgeregt. Kaum war Dean aus dem großen Tor getreten, hupte Jonny laut, Kristen zog die Augenbrauen hoch und flüsterte: „Idiot, willst du eigentlich, dass die ganze Stadt auf uns aufmerksam wird? Nirgends werden wir mehr gesucht als hier!" Und sie verdrehte die Augen.

Dean sah uns und sein Schrecken über unser Auftauchen war nur von kurzer Dauer. Dann strahlte er über das ganze Gesicht und kam zu uns gelaufen. Die Sorge, er würde hier bleiben wollen, war verflogen, als er die Tür aufriss. Jonny sprang auf und sie schlossen sich fest in die Arme. Ich und Kristen lächelten. Die beiden Kerle lachten lauthals, bis ein Lehrer sie sah, der auch Jonny Gesicht zu kennen schien. „Oh Kacke", sagte Dean, „wir sollten mal langsam abhauen." „Ganz deiner Meinung, treuer Freund", gab Jonny zurück. Er bugsierte Dean in den Wagen.

Doch Jonny wollte sich die Gelegenheit nicht entgehen lassen, nicht jetzt, wo so viele zusahen. Er schupste den Lehrer weg und stieg auf das Autodach. „Hey, ihr Armen Irren", und stieß die Faust in die Höhe, aberdutzende Augen waren auf ihn gerichtet. „DAS IST FREIHEIT", schrie Jonny und spie aus. Er hüpfte elegant zu Boden, wich dem Lehrer erneut aus, sprang ins Auto, fuhr los und wir hupten noch ein paar mal zum Abschied, viele der Schüler hatten die Szene beobachtet, klatschten und johlten, riefen uns erstaunt nach. Wir winkten aus den Fenstern und lachten.

Jonny holte tief Luft, er schien sich rundum wohl zu fühlen. „Hey", meinte er zu Dean gewandt, „die scheinen uns echt zu mögen, wer hätte das gedacht?" „Das ist während der Schule noch ganz anders, in den Pausen und im Unterricht sprechen echt alle über nix anderes. Und ich habe auch davon profitiert, weil ich ja dein alter Freund bin." Die beiden lachten ausgiebig. „Hier, du musst noch auf unseren Zetteln unterschreiben", lachte Jonny und drückte ihm den Stift in die Hand. „Geliebte Fucking Heimat, wir kommen", rief Jonny lauthals aus dem Fenster, als wir gerade an dem uns nur zu gut bekannten Ortsschild vorbeifuhren. Prompt gab er uns einige der Tomaten in die Hand, die wir wild gegen die Häuser warfen. „Für jeden Volltreffer gebe ich heute Abend einen aus", rief Jonny noch.

Als wir an unserer alten Schule vorbeikamen, schmissen Jonny und Kristen eine Kiste voller Tomaten raus, die zum großen Teil mit unseren Zetteln versehen gegen die Fenster und Wände prasselten. Jonny, Dean und Kristen lachten lauthals, nur mir blieb das Lachen an diesem Tag mal stecken. „Was is eigentlich mit eurem Heim?", sprach Dean an und sah Kristen und Jonny an. „Wollt ihr nicht irgendjemanden von da, keine Ahnung, vielleicht hallo sagen?" Kristen und Jonny sahen sich sehr ernst an. Das Mitleid kochte wieder in mir hoch, es wurde heiß und tat mir weh, es schmerzte doch diesen armen Menschen zuzuhören. Ein leidender Ausdruck trat auf Kristens Gesicht. „Da haben wir nichts und niemanden dem wir hallo sagen wollen oder an den wir uns erinnern wollen", hauchte Jonny kalt, womit das Gespräch beendet war, wir schwiegen eine kleine Weile.

Jonny nahm den Faden wieder auf. „Was is

Wir haben noch Tomaten. Wartet mal, das müssen wir uns jetzt geben", sagte er und bog in eine Straße ein. Ich wusste, was er vorhatte, es war dieselbe Straße, die wir vor fünf Monaten gefahren waren. Und das war unser Ziel, dasselbe, das Jonny damals hatte: Die Kirche war bis auf den Grund niedergebrannt. „Ganze Arbeit", rief Jonny begeistert. „Ganze Arbeit." Ich atmete schwer. „Warum haben sie es noch nich wieder aufgebaut?", richtete er sich an Dean. „Keine Ahnung, waren wahrscheinlich froh, das Ding los zu sein. Nein, ich glaube, der Stadt fehlt das Geld." Das brachte Jonny noch mehr zum Lachen. „Wer will schon 'ne Kirche wieder aufbauen?", sagte Kristen vom Rücksitz. Sie bemerkte meinen Blick nicht, als ich sah, woran wir vorbeifuhren.

Mein Elternhaus und da, da im Garten war meine Mutter, sie mähte den Rasen. Vielleicht bildete ich es mir ein, doch sie schien traurig auszusehen. Erneut musste ich mit den Tränen kämpfen, damals war das alles so cool, so locker gewesen und jetzt kam es mir so nahe, was ich ihnen angetan habe. Ich schluckte, kämpfte mit mir, so wie wir es doch alle sooft taten, und entschied mich, dass Weinen jetzt das Letzte wäre, was ich bräuchte. Ich würde ihnen einen Brief schreiben, so absurd einfach, ich kam nie drauf, hatte keinen Gedanken an meine Eltern und Freunde verschwendet, meine Gedanken waren immer nur hier, bei uns, es geschah einfach zuviel, als das ich Zeit gehabt hätte, mich auf anderes zu konzentrieren.Und noch in der gleichen Minute setze ich den Brief an:

Liebe Mutter, lieber Vater,

wenn ihr diesen Brief bekommt, müsst ihr wissen, dass ich dann weit weg und für euch unerreichbar bin. Ich möchte euch so viel sagen und muss euch so viel erklären. Eines abends verschwand ich, floh ich wie ein Gefangener aus unserem Haus. Und ihr habt euch sicher oft gefragt, warum. Doch vorneweg müsst ihr wissen: Ich habe gerne bei euch gelebt und ich liebe euch. Jeden Tag denke ich jetzt an euch und vermissen tu ich euch stetig mehr. Mein Freund und mein Idol Jonny hat mich durch seine bloße Lebensart komplett begeistert. Ich ließ mich nicht mitreißen wie ein Mitläufer im Gruppenzwang. Das war's einfach nicht. Seit ich ihn kenne, bin ich von ihm begeistert gewesen. Das was er wusste, war unglaublich. Seine Art zu leben gefiel mir dann irgendwann einfach viel mehr als die unsere. Und eines Tages fragte er mich dann, ob ich dabei wäre, wenn er durchbrennen würde. Ich und noch zwei, von ihm ausgewählte Freunde, kamen mit. Bitte, ich weiß, ihr werdet das nicht verstehen, deswegen will ich es erst gar nicht weiter versuchen zu erklären. Nur versucht es soweit nachzuvollziehen, dass dies der richtige Weg für mich ist. Ihr müsst das akzeptieren und damit leben, dafür gerade stehen, weil es für mich richtig ist. Ob ihr es wahrhaben wollt oder nicht. Doch bitte akzeptiert es. Das ist mir so wichtig. Außerdem möchte ich euch wissen lassen, dass es mir sehr gut geht und ich hier alles habe. Es ist nicht so bequem wie Zuhause, aber wir kommen sehr gut zurecht. Wir haben genug zu Essen, Verpflegung und auch Medikamente. Es mangelt an nichts. Ich achte auf mich und bin gesund und wohlauf. Das verspreche ich. Ich werde eine Möglichkeit finden, wie wir im regelmässigen Kontakt bleiben können. Ich werde euch nicht vergessen, ihr werdet bald wieder von mir hören. Ich vermisse euch nun wirklich sehr. Es schmerzt mich, aber es ist jetzt einfach noch nicht der geeignete Zeitpunkt für meine Rückkehr. Doch wir werden uns wiedersehen. Bitte geduldet euch.

In Liebe und Dankbarkeit

Euer Sohn


Es war so gar nicht schwer, den Brief zu schreiben, die Zweifel und die Angst wichen von mir. Ich bestärkte mich mit meinen eigenen Worten, gab mir selber Kraft. Es war auf einmal alles wieder so nahe und meine enorme Aufregung, meine Freude über die Verwirklichung eines Traumes war wieder da. Ich bastelte einen Briefumschlag aus einem Blockblatt, verklebte ihn mit Spucke und legte ihn in meinen Rucksack.

Wir rasten mit enormer Geschwindigkeit über das Land, die Meilen wichen nur so der Zeit. Diesmal in südwestlicher Richtung. Jonny und Dean dröhnten ihre Witze und ihr Lachen schallte durch den Wagen. Sie waren bester Laune. Die beidem blendeten uns für die Fahrt komplett aus. Sie unterhielten sich die ganze Zeit, Krisi schaute schon etwas eifersüchtig. Dean berichtete, was er gemacht hatte, was geschehen war während unser Abwesenheit. „Die ganze Stadt redet über euch", sagte der kleine Kerl von vorne zu uns nach hinten. „den Schreiberling und die süße Blondine und Jonny haben wir ‚the Broker' genannt, andere nennen dich auch den Feuerteufel, gefällt es dir, ‚Jonny the Broker,?",,Hehe, ja", lachte Jonny. „Das hört sich gut an." „Sag ich doch man", freute sich Dean. „Unter anderem habe nämlich ich diese Namen in die Welt gesetzt."

Dean war ein lustiger Kerl. Total hitzig, meistens gute Laune und ein bisschen sehr hibbelig. Er war allerdings auch der Jüngste von uns. Siebzehn und das noch nicht lang. Die Blicke, die er Jonny zuwarf, verblüfften mich, er schien ihn enorm zu bewundern. Was Jonny auch sagte, Dean hörte ihm zu und hing immer gebannt an seinen Lippen. Kein Wunder: So einen hätte ich auch gerne mitgenommen, wenn er mich so vergöttert hätte. Möglicherweise wusste Jonny, das Dean ihm niemals kritisieren würde.

„Ich will meinen Geburtstag in Ruhe feiern und nicht mit der Bullerei am Arsch", sagte Jonny. „Bis dahin will ich weit, weit weg von hier sein und feiern. Man wird schließlich im Leben nur einmal achtzehn. Uns hält kein Bulle davon ab, heute mal ganz legal in 'nem einfachen aber bequemen Hotel zu übernachten." „Jonny", kam wieder die tadelnde Stimme von Krisi, die es inzwischen echt nervte, die ganze Zeit ignoriert zu werden, „wir haben kein Geld." „Das wollen wir mal sehen", forderte Jonny heraus. „Wie viel Geld hast du Dean?" Dean schaute sofort in seinen Taschen nach. „Los, los der letzte Cent Leute, holt alles raus, was ihr habt", forderte Jonny uns auf und griff auch in die eigenen Taschen. „Ich hab zwanzig Mäuse, Jonny", meinte Dean. „Nich' schlecht", erwiderte dieser. „Ich habe fünfzehn", sagte ich. Jonny hatte sieben und Kristen nichts, da sie nie arbeiten gewesen war. (Wenn sie doch mal welches hatte, gab sie alles direkt aus.) „Das könnte reichen", munterte Jonny uns auf. „Wir wollen doch keine fünf Sterne, aber ich hab heute echt kein Book mehr im Auto zu pennen, als wenn mein Rücken nicht schon krumm genug wäre." „Weichei", kam es von Krisi. „Ich geb' dir gleich Weichei", konterte Jonny feixend. Dann unterhielt er sich – zur zusätzlichen Verärgerung Krisis – den Rest des Tages mit Dean.

Auf einer unserer Karten waren mehrere Hotels verzeichnet. Am Abend fuhren wir zu einem schäbig, aber heimlich wirkenden am Straßenrand.. „Hier kostet es garantiert nicht mehr als fünfundzwanzig Mücken die Nacht", betonte Jonny und stieg aus. „Wartet hier." Doch Kristen war egal, was er sagte, sie stieg auch aus und folgte ihm.

Kaum waren sie außer Hörweite, sahen wir sie auf ihn einreden und ihn genervt abwehrend winken. Jetzt wendete sich Dean an mich. „Sind die beiden zusammen?" „Nein", erwiderte ich mit zweifelndem Blick und konnte mir ein kleines Lachen nicht verkneifen. „Sie … sind nur gute alte Freunde", betonte ich langsam und wich so aus. „Und", fügte ich dann langsam hinzu, „naja, sie schlafen miteinander." Und ich lächelte. „Ahaa", kommentierte Dean, mehr kam nicht von ihm, er sah leicht betreten aus und blickte zu Boden. „Aber sie steht auf ihn?", fuhr Dean offensichtlich gespielt, begeistert lächelnd fort. „Verdammt Dean, sie is'n Mädchen und findet ihn toll, was is' denn da jetzt dabei?" „Junge, junge, da geht's bestimmt kräftig zur Sache", Dean streckte die Zunge heraus und lächelte. Ich lachte zurück, seine lustige Art war mir jetzt schon sympathisch. Das würde uns sicherlich noch oft zugutekommen, ich verstand jetzt, warum Jonny ihn dabei haben wollte, die beiden passten hervorragend zusammen. Dean war schmächtig und suchte einen Beschützer und den hatte er mit Jonny gefunden.

Kristen und Jonny kamen zurück. „Alles klar", sagte Jonny gut gelaunt. „Wir haben zwei Zimmer, erst reichten ihm die paar Dollar nicht, doch Krisis schöne Augen haben ihn überzeugt. Dann lasst uns mal Quartier beziehen." Ich und Dean bekamen das eine Zimmer, Jonny und Kristen das andere. Die Zimmer waren klein und es gab jeweils nur ein Bett, das gerade so für zwei Personen reichte. Eine alte knarzende Kommode und ein wackeliger Stuhl bildeten das komplette

Mobiliar. Der Raum war eingestaubt und schien so wie das ganze Hotel ausschließlich aus Holz zu bestehen. Ich setzte mich auf den Stuhl, der leicht knarzte, rasch erhob ich mich wieder.

Dean hatte sich bereits aufs Bett gelegt, als es klopfte und Jonny, breit grinsend, sowie Kristen, die nur noch mit einer Bluse und Unterhose bekleidet war, eintraten. Jonny hielt einen Schnaps und vier Gläser in der Hand. „Den hab ich aus der Küche geholt", sagte er leise und schenkte uns ein. „Wir ham ja was zu feiern: Das unser kleiner Dean jetzt bei uns ist. Hoch die Gläser." Wir stießen an und tranken rasch, Jonny füllte direkt nach. „Kommt kommt, die Flasche muss leer werden", grinste er uns an. Langsam merkte ich, wie erschöpft ich war. Schrecklich erschöpft. Tag um Tag im Auto gewesen, wenig Schlaf und unregelmässige Bewegung, der Kater, als wir von dem Hotel aufgebrochen waren. Seitdem hatte ich keinen vernünftigen Schlaf mehr gekriegt.

„Is' mir scheißegal, was du jetzt sagst, Jonnyboy", sagte ich herausfordernd zu Jonny,

„aber morgen stehe ich nicht auf, bis ich mir sämtliche Strapazen und allen Alkohol der letzten Monate rausgeschlafen habe, du Arschloch." Ich konnte mich nicht erinnern, je so müde gewesen zu sein. „Okay", sagte Jonny, „wenn du meinst." Er zwinkerte mir zu. „Brauchst ja nicht gleich böse zu werden." Doch so schnell sollte ich keinen Schlaf finden. Mein Magen knurrte und es war zugig in dem Zimmer. Wir hörten von nebenan das Quietschen der Matratze und das (mal lauter und mal leiser werdende) Stöhnen und Quieken von Kristen, was uns nicht gerade einzuschlafen half. Das Bett der beiden donnerte gegen die dünne Wand und hielt uns wach. Aber als ich erst einmal Schlaf fand, sollte ich ihn so rasch nicht mehr verlassen.

Es war sogar schon sehr hell, als ich aufwachte. Da keine Gardinen in dem Zimmer hingen, strahlte mir die Sonne erbarmungslos ins Gesicht. Durch die Wand hörte ich Jonnys lautes Schnarchen. Ich fühlte mich gut, sehr gut. Ausgeruht und gestärkt, jetzt wäre noch ein hoch kalorienreiches Frühstück perfekt. Ich fühlte mich soviel besser. Erfrischt und ausgeruht. Hunger und ein höllischer Durst befielen mich. Es dauerte noch eine ganze Zeit, bis ich mich entschlossen hatte aufzustehen. Es war anscheinend bereits Nachmittag, die Sonne stand hoch am Himmel.

Dean war wohl der Einzige, der nicht mehr schlief. Er saß auf dem Stuhl und blätterte meine Aufzeichnungen durch. Er sah meinen Blick und legte schnell die Kladde weg. „Tut mir leid", nuschelte er rasch. „Schon gut", sagte ich. „da stehen keine Geheimnisse drin, das ist bloß ein Tagebuch." Ich ging zum Fenster und sah hinaus. „Wie lange habe ich den geschlafen?", fragte ich Dean und drehte mich zu ihm um. „Ähm, so in etwa fünfzehn Stunden." „Oh Gott, das war aber auch dringend nötig", sprach ich. „Wie konntest du überhaupt schlafen?", fragte Dean, „Kristen und Jonny haben die halbe Nacht gevögelt." Wenn ich mich nicht irrte, trat ein Gesichtsausdruck der unterdrückten Wut und – wenn ich nicht völlig falsch lag – Eifersucht auf Deans Gesicht. Mir ging's einfach so perfekt in diesem Moment, ich hatte stumpf kein Bock mir Gedanken zu machen, irgendwelche Gesichtsausdrücke zu deuten.

„Deshalb hatte ich so komische Träume, jetzt wird alles klar", meinte ich dann glücklich gähnend. Es war ein herrliches Gefühl ausgeruht zu sein. Dean lachte und sagte noch irgendwas, doch das hörte ich nicht mehr, meine Gedanken waren bei dem Polizisten, den ich gerade aus dem Fenster beobachten konnte und der vor unserem Auto stand.

Es dauerte einen Moment bis ich begriff, sofort rannte ich zu Jonny und riss die Tür auf. „Jonny", rief ich leise, „Da sind zwei Bullen bei unserem Wagen, die kommen gleich hier hoch." „W…was is los?", murmelte er. Offenbar hatte er die Flasche Schnaps gestern noch alleine geleert, als ich abgelehnt hatte. Ich gab ihm zwei saftige Ohrfeigen. „Komm zu dir Mann, die Bullen sind unten, die kommen gleich und nehmen uns mit, die buchten dich ein, verstehst du, die buchten dich sowas von ein. Denk dran", sagte ich mit Schweiß auf der Stirn und Panik in der Stimme, „wenn die dich kriegen, kommst du ewig nicht mehr aus dem Bau raus, denk dran was du getan hast!" Ich sah ihn durchdringend an. Langsam kam er zu sich, auch als Kristen gerade erwachte. „Oh Gott", Jonny schüttelte sich und richtete sich auf. Splitternackt rannte er zum Fenster und spähte hinaus. „Verdammt, du hast recht!" Er drehte sich um und lief rasch in mein Zimmer, wo seine Sachen standen. Kristen war von dem Lärm aufgewacht und sah mich an.

Trotz dieser Situation werde ich ihren Anblick in diesem Moment nicht vergessen. Ein Bein mit der spärlichen Decke bedeckt, ansonsten komplett nackt. Ihre Blöße war atemberaubend. Ihre so ausgeprägten wunderschönen Kurven, ihr schmales Gesäß und die relativ zierlichen, beeindruckenden Brüste. Sie lächelte mich an und sie lächelte so aus ihren Augen, dass ich wusste, dass es vom Herzen kam. Ich sprach langsam, nicht wissend, wo die Worte herkamen: „Weißt du, dass ich manchmal in dir einen Engel sehe? Dann tut mein Herz vor Sehnsucht fast weh." Dann war der Moment vorbei, ihr wunderbarer Körper, von dem Licht aus dem Fenster beschienen, ihr Lächeln unvergesslich bezaubernd. Ich wurde rot, plötzlich war alles wieder so real und ich blickte rasch zu Boden. „Hey, ist schon gut", sagte sie zu mir und stand auf. Schnell zog sie sich an. Ich wagte nicht noch einen Blick auf ihre Blöße zu werfen.

Dean kam gerade ins Zimmer. „Los geht's", raunte Jonny uns zu. „Holt eure sieben Sachen und kommt." Wir rannten den Flur entlang, die morsche Treppe herunter, an dem Empfangsschalter vorbei durch einen weiteren Flur. Am Ende eines kleinen Wohnzimmers war ein Waschraum mit einer Hintertür. Wir liefen darauf zu, der alte Mann vom Schalter trat uns plötzlich in den Weg. „Ihr kommt hier nicht vorbei, ihr Verbrecher." Und er rief: „HIER SIND SIE, KOMMEN SIE HER." Jonny atmete tief durch, er holte mit der Faust aus. „Ich glaube ein Schlag in die Fresse könnte deine Meinung ändern, alter Mann." Doch bevor er zuschlagen konnte, trat der Mann aus dem Weg. „Sie sind ein ungeheuerlicher Mensch", sagte dieser noch mit keineswegs ängstlicher Stimme hinter uns her.

Die Polizisten waren anscheinend reingegangen. Wir sahen um die Ecke der Hotelwand, das Auto stand unangetastet auf dem Parkplatz. „Lass uns schnell abhauen,

Jonny", sagte Dean ängstlich. „Dean mein Freund, es war nicht sehr leicht die verdammte Karre zu kriegen, die geb' ich nich' mehr her." „Los", gab er das Signal. Wir rannten zum Auto, sprangen rein und schlossen die Türen. „Verdammt", sagte Jonny, „ich hab den Schlüssel im Zimmer vergessen." Er stieg aus und rannte in das Hotel. „Dieser Idiot", sagte Kristen aufgebracht und sah zu allen Seiten, um zu sehen, wo die Polizisten waren.

Da kam einer mit gezogener Waffe um das Hotel gelaufen. Er hatte wohl den gleichen Weg wie wir benutzt. Er sah uns im Auto sitzen und hielt auf uns zu. Mit der Waffe zielte er auf uns, dann rief er: „Thomas, ich hab' sie, du kannst rumkommen." „Dann steigt mal langsam aus", sagte er gehässig, „jetzt haben wir euch." Wir stiegen gehorsam aus. Er zielte mit der Waffe weiter auf uns und schaute unerträglich selbstgefällig. „Wir verfolgen euch jetzt schon seitdem ihr die Tomaten an die Fenster geklatscht habt, ihr Idioten, das hättet ihr mal besser nicht gemacht, der Bürgermeister is' ziemlich sauer auf euch. Jetzt dürft ihr erstmal die nächsten Wochen putzen und dann kriegt jeder von euch 'ne hübsche Einzelzelle für 'n paar Wochen. Wie verrückt muss man eigentlich sein, eine Kirche abzufackeln? Wo ist euer Boss, Jonny the Broker?", sagte er spöttisch grinsend. Er zeigte Anführungsstriche, als er den Namen sagte. „Jetzt hat es sich ausgebrochen."

„Wenn sie dann fertig sind, sich selbstgefällig den eigenen Arsch mit Öl einzureiben, könnten sie mir ja ihre Waffe geben", lächelte Jonny ihn von hinten an und hielt eine Pistole an dem Kopf des Gesetzeshüters. Der schluckte und wirkte ein paar Sekunden geschockt. „Überleg dir was du tust Junge", sagte der Mann dann weiterhin selbstgefällig, ohne eine Spur Angst in der Stimme. Entweder er war wirklich so mutig, oder er konnte wahrhaft sehr gut schauspielern. „Du zielst hier gerade auf einen Beamten, mein Kollege hat schon den Lauf auf dich gerichtet." „Sie meinen den, der mit 'ner Platzwunde am Kopf um die Ecke liegt?", entgegnete Jonny mit einem, merklich gespielten selbstsicheren Grinsen. Den Polizisten brachte das nur einen Moment aus der Fassung. „Als wenn du dich traust, 'nen Beamten umzulegen." „Trau ich mich nicht", sagte Jonny und senkte die Waffe. Der Polizist wirbelte herum, hob seine Waffe, als Jonny seine abfeuerte. Genau in den Oberschenkel des Mannes. „Nein, das traue ich mich nicht", brachte Jonny den Satz zwischen dem aufkeimenden Geschrei zu Ende. „Soll aber nicht heißen, dass ich mich nicht traue, sie verbluten zu lassen."

„Lasst uns gehen", sagte er lässig zu mir. Er hob die Waffe des Verwundeten auf. Rasch stiegen wir ein und fuhren los. „Dafür hol ich mir deinen Kopf", jammerte der Polizist am Boden. „Du verdammtes Arschloch, dafür hole ich mir deinen Kopf, du Wichser. Das verspreche ich dir, ich vergesse nichts. Hörst du, nichts. NICHTS!" Wir fuhren schnell davon. Seine Schreie waren noch zu hören. Dann schrien Schüsse durch die Luft, es pfiff und es zerfetzte den Rückspiegel. „RUNTER", schrie Jonny, wir kauerten uns in die Ecken des Wagens. Dann ein Knall. Noch ein Knall und noch einer. Ohrenbetäubend ging das Hinterfenster zu Bruch. Und noch ein Schuss traf das Auto, aber wohl ohne im Moment gravierende Schäden auszulösen. Jonny trat auf das Gas. So schnell es ging vergrößerten wir den Abstand zwischen uns und dem Schützen. Wer genau da schoss, konnten wir nicht mehr sehen.

Dann lachte Jonny laut: „Yeah, den Arschgeigen haben wir aber kräftig gezeigt wer wir sind, was?" Wir lachten alle mit, doch wir wussten , dass das, was wir hinter uns aufschoben, immer größer wurde. Ein immer mehr unmöglicher zu sühnender Berg der Schuld. Das Lachen war pure Verdrängung, albern und kindisch. So fand ich. Jetzt war klar, sie würden uns nicht ruhen lassen. Sie werden uns verfolgen bis sie uns haben und dann sitzen wir im Knast. Das Gute an der Sache: Meine Inspiration schien an solchen Tagen unbegrenzt.

Nach kurzer Zeit und vielen Meilen kletterte Jonny zu mir nach hinten und überließ Kristen das Fahren. Auf der geräumigen Hinterbank war locker Platz genug für ihn, Dean und mich. Ich zeigte ihm meine Idee und er nahm den Block in die Hand und schrieb es zu Ende. Wir hatten uns zu einem entwickelt, meine Ideen flossen durch seine Adern, seine Ideen waren mein Blut, meine Tinte gab ich ihm, unsere Freundschaft war unser Blut.

Wo, wo bist du
wo bist du hin
warum lässt du uns allein

Siehst du mich da draußen
siehst du mich denn nicht
ich vermisse dich

Schreien tue ich
schreien in die Nacht
und weinen tue ich
ich weine um dich

Schreien tue ich
schreien am Tag
und weinen tue ich
ich vermisse dich

Hast uns erst alles gegeben
gabst uns Sinn
gabst uns Stärke
gabst uns Mut

Du gabst uns leben
du gabst uns Kraft
und vergeben
hast nur du

Jetzt suchen wir hier in der Ferne
wir suchen nach unserem Glück
wir suchen nach dir
doch du scheinst so unerreichbar wie die
Sterne, wo bist du

Wo, wo bist du
wo bist du hin
warum lässt du uns allein

Wir sind so hilflos
und so wehrlos
sind verzweifelt
und ganz bloß

Wo, wo bist du
wo bist du

„Nicht schlecht", lächelte Jonny mir zu. „Ach
Junior", sagte er zu mir. „Durch dich habe ich
das Schreiben entdeckt, weißt du, früher hatte
ich mal 'ne Gitarre und konnte ganz, naja,

passabel spielen, doch mir fehlten die Texte zu meinen Liedern, das hatte ich mir noch nicht zugetraut. Dafür danke ich dir", er sah mich an und er meinte es sehr ernst, das sah ich in seinem Gesicht. „Nur jetzt habe ich die Texte und die Melodien schon im Ohr, aber keine Gitarre mehr." „Wer weiß, vielleicht bekommst du bald eine", lächelte ich ihm zu.

„Jonny ohne Kohle", rief Krisi von vorne, sodass Dean, der uns wie gebannt an den Lippen hing, aufschreckte. Es schien fast so, als würde er nur dafür leben, Leuten wie uns zuzuhören. Ich mochte ihn, aber er war so, so uninspiriert, trug keine Ideen bei. „Ja, mein Täubchen?", lachte er ihr entgegen und grinste sie herausfordernd an. „Wo dachtest du dir übernachten wir denn heute? Und abgesehen davon ist der Sprit auch schon fast alle." „Ich will nichts riskieren, bis wir weit genug weg von diesen verrückten Bullen sind. Hinten ist noch ein kleiner Rest Benzin im Kanister, damit kommen wir noch ein ganzes Stück und morgen früh besorg ich neues. Wenn du nicht mehr fahren kannst, lös ich dich ab und wir fahren solange weiter bis der Tank auf den letzten Tropfen alle ist. Ich laufe dann los zur nächsten Tanke und knapse 'n bisschen Benzin ab." „Dann fahren wir heute wieder die Nacht durch?" „Ja Krisi, das lässt sich im Moment nicht ändern, ich will nämlich nichts riskieren, okay?" „Na gut", willigte sie ein und lächelte ihn schwach an. Er gab ihr zum Trost einen Kuss.

Fünf Stunden später. Dean war bald eingeschlafen, Jonny saß am Steuer, Kristen döste an seiner Schulter, bis der Tank wirklich alle war. Inzwischen war es finstere Nacht. Er blickte auf seine Karte und murmelte: „Na besser hätt's doch gar nich' kommen können." Er holte Tabak und Papier hervor und stieg aus. Noch ein paar Kilometer und der Wagen blieb stotternd am Straßenrand stehen. Er legte Krisi behutsam auf den Beifahrersitz inzwischen war sie so fest eingeschlafen, dass sie nicht aufwachte. „Hey Jonny", flüsterte ich vom Rücksitz, er schrak zusammen. „Ach verdammt, ich dachte du pennst schon, erschreck mich doch nich' so." „Is es recht, wenn ich mitkomme?","Na klar, ich freu mich doch immer über 'n bisschen Gesellschaft."

Wir stiegen aus und liefen nebeneinander her.

„Sind immerhin mindestens zehn Kilometer hin und zurück. Ach warte, ich hol noch eben die Kanister." Er lief zurück zum Auto und holte die beiden Benzinkanister. „Is' schon verrückt mit dir", sagte ich ein bisschen unsicher. „Jaha, das glaube ich", antwortete er und gluckste. Er trug auch seine Brechstange an seinem Gürtel eingehängt. An seiner Jacke bemerkte ich einen Abdruck, das musste die Waffe sein mit der er auf den Polizisten geschossen hatte. Es mag einem komisch vorkommen, aber selbst jetzt vertraute ich Jonny, nicht was unseren Plan anging, oder das wir es schaffen würden weiterhin der Polizei und wem auch immer, der noch nach uns suchte, zu entkommen. Vor allem nicht nachdem, was heute passiert war, aber ich fühlte mich nicht unwohl neben ihm zu laufen. Ich hatte das Gefühl der Sicherheit, das er irgendwie schon immer ausstrahlte. Ich habe soviel gesehen und gehört, doch dieses Gefühl ging einfach nicht weg, fast verfluche ich mich selbst ein wenig dafür. Selbst wenn ich wollte, ich könnte ihn kaum hassen. Ich war schon fast wie Dean, nur das ich ihn weniger verliebt anguckte. Wie ein Bruder mit Problemen, aber auch einem guten Herzen, ich glaubte weiterhin daran, er würde mich stets beschützen. Es war so einfach, ich musste wieder daran denken, dass auch er bald als strafmündiger Gesetzesbrecher galt. In meinen Augen war er aus unbeschreiblichen Gründen so unschuldig, wie man nur sein konnte. Ich glaubte, es lag daran, dass er soviel Verstand hatte, dass er so klug war, ein gutes treues Kämpferherz besaß und vor allem, dass er im Gegensatz zu anderen seine Prinzipien nie verraten und sie nie für Geld und Macht vergessen hatte. Ich glaubte, obwohl er all diese Dinge tat, verstand er die Menschen sehr genau, ihr Denken und ihr Handeln, ansonsten würde auch er, da war ich mir sicher, nicht so handeln. Der Grund, warum er so war wie er war, war, dass er als einziger die Menschen wirklich verstand. Ich bemerkte plötzlich, dass er mich die ganze Zeit beobachtete.

Als hätte er meine Gedanken gelesen fragte er, während er mich wieder so durchbohrend fixierte: „Du scheinst einiges wissen zu wollen. Also wenn du eine Frage hast, dann erlaube ich dir gerne, sie mir zu stellen." Warum nicht, ich konnte ihn besser verstehen, wenn ich nicht nur vermutete, sondern

Gewissheit über seine Gefühle hatte. „Jonny",
begann ich langsam. „hör zu, du tust all diese
verrückten Sachen, stiehlst Autos, bist ständig
dicht, kommst nicht auf die Idee dich
anzupassen oder jemals nicht zu tun, was du
willst. Ohne das – und das möchte ich betonen
–, ich dir einen Vorwurf mache oder es mich
stören sollte, du hast Menschen verletzt, mit
vielen Frauen geschlafen, hast dich benommen
als könntest du dir alles nehmen, was du nur
wolltest, ohne danach zu fragen. Und bist dann
wieder weitergezogen, du hast dir dein Hirn
tausendmal weggeblasen mit dem Marihuana
und bringst die beste Kunst erst dann hervor,
wenn du wirklich komplett dicht bist!"

Jonny zog an seiner Zigarette während er
lauschte. Er blieb so locker. „Ich höre keine
Frage, mein Bruder." „Im Grunde", versuchte
ich langsam zu formulieren, was ich sagen
wollte. „Im Grunde versuch' ich nur zu
verstehen, dich, dein Denken, deine Art und
dein Handeln." Ich machte eine Pause, ich
hörte mein Herz klopfen. „Weil ich nicht
glaube, dass du einfach übermütig bist, nein
Jonny, du bist soviel mehr." „Ich werde dir
alles erzählen, da ich dir so vertraue, wie ich

nicht mal einem Bruder vertrauen könnte." „Ich habe in meinem Leben ein Prinzip gefunden, ich wollte mich niemals, und du kennst es, irgendeinem, von Machthungrigen aufgebauten System unterwerfen. Ich hatte immer die Ansicht vertreten, dass jeder gefälligst den eigenen Weg zu gehen hat und niemand ihn dabei behindern soll. Ich wollte bloß als Mensch unbeeinflusst leben und mich nicht von unnötig ausgedachten Gesetzen und Manieren, die Menschen für notwendig halten, unterjochen lassen. In so vielem sah ich keinen Sinn. Natürlich kann man als Mensch nicht unbeeinflusst bleiben, alle Eindrücke, die man auf sich nimmt, seit dem ersten Tag in diesem Leben, auf dieser Erde, machen einen Menschen zu dem, der er jetzt ist. Aber wenn man das erkennt, kann man sich und seine Kinder gegen die schlechten Einflüsse schützen, ich spreche von Gruppenzwang, von der beschissenen Idee, mainstream sein zu wollen und vor allem von Gläubigen, die für eine Kirche sprechen, in deren Namen Millionen umgebracht wurden. Ein Glaube, der vorgibt wie wir zu sein haben, jeder vorgegebene, vorgelebte Glaube, ist ein falscher Glaube."

Er redete immer lauter und wurde immer aufbrausender. „Ich lebte mit diesem Ehrfurcht gebietenden Anblick auf", fuhr er fort. „Und mit dieser Erkenntnis und der Tatsache, dass die Menschen es sich gefallen lassen, dass man ihnen ihre wahre Freiheit wegnimmt und ihnen dafür 'nen bequemen Sessel und 'nen Fernseher hinschiebt." Er wurde noch lauter. „Doch wir wehren uns nicht, wir gehen daran zu Grunde"

Er wurde wieder leiser, dann kam er zu mir und flüsterte fast, sagte direkt vor meinem Gesicht zu mir: „Wir verlieren unsere Eigenständigkeit, unsere Individualität, ja unsere Freiheit. Das ist doch nicht fair! Und Schuld, Schuld ist niemand und gleichzeitig wir alle. Ich wollte mich wenigstens vor meinem Teil der Schuld etwas bewahren und deshalb habe ich diesen Weg gewählt und Kristen folgte mir und du und Dean. Doch das wollte ich eigentlich nicht." Ihm standen wieder Tränen auf seinem verzweifelt, wahnsinnig dreinblickenden Gesicht. „Ich wollte ein Leben in Freiheit für tolle, gute Menschen wie ihr es seid. Das werdet ihr – so wie ich meinen Weg gewählt habe – aber nicht bekommen." Er ließ den Kopf stumpf hängen. „Es tut mir so leid."

Wir waren stehen geblieben. „Ich verstehe es nicht, mich selber nicht, für mich ergibt es keinen Sinn mehr", nahm er wieder auf. „Einen Sinn, warum ich das hier tue, gibt es einen Sinn?", sagte er mit wahnsinniger, schriller Stimme. „Sag es mir, ergibt es einen Sinn, versteht mich jemand, oder bin ich so verrückt, dass ich verdammt bin unverstanden in alle Ewigkeit durch die Gegend zu wandeln, ohne Liebe und ohne Freunde?" Seine Augen glitzerten. „Sieh mich an", sprach er. „Siehst du dieses Licht in meinem Augen?" Sein Zeigefinger deutete eingehend auf sein Auge. „Es steht für mein Glück, noch sind meine Augen nicht erloschen, noch nich', und solange diese Licht brennt, weiß ich, dass es ein Glück gibt, für das es sich zu kämpfen lohnt, auch wenn es schier unerreichbar ist in dieser Welt aus Scheiße. Ich schaue Jeden Tag nach. Nach ob es noch da ist, jenes Licht, das mein Glück symbolisiert. Meine Freiheit."

Ich sah ihm in die Augen, sah da diese flackernde Flamme, die ich schon öfter bemerkt hatte, das bedeutete Leben, das bedeutete Glück. Es brannte da in seinen Augen, eine symbolische Fackel, die Fackel der Freiheit! Und ich legte meine Hand auf seine Schulter und sagte fest: „Ja, man kann das verstehen, es ergibt einen Sinn, das alles. Und du wirst niemals alleine sein. Es wird immer Leute wie mich und Krisi und Mark geben, die an deiner Seite stehen und an deinen Idealen festhalten. Und solltest du jemals alleine stehen", ich betonte das Wort, „bis dahin hast du immer noch uns! Und ich weiß nicht wie es für dich aussieht, aber ich glaube, der kleine Dean ist ein echter Fan von dir."

Jonny lächelte kurz und glücklich auf, wie ein kleines Kind. Dann verwandelte er sich ruckartig wieder zurück in den alten Jungen. Doch ich wusste, dass es nicht das letzte Mal gewesen sein würde, dass er in diesen Abgrund herab fällt und der andere wieder ans Tageslicht kommt. Ich hoffte, dass er seine Mitte finden würde und ein guter glücklicher Jonny siegen würde. Denn ihn zu verstehen fühlet sich besser an als an ihm zu zweifeln. „Jetzt ist es soweit gekommen und auch wenn wir es beide nicht wahrhaben wollen …" Ich brach ab, ich sah ihn an, ich wollte ihm einfach sagen, was uns beiden klar war, doch ich konnte es nicht. Dass er nie wieder ein normales Leben führen würde und das hier ist seine letzte Reise war, ich wollte es nicht sagen, wir anderen konnten noch zurück, aber für Jonny war es zu spät, doch ich sagte nichts. Wir sahen uns nur an und ich glaubte schon, dass er weit genug verstand.

„Welchen Beruf würdest du gerne machen wenn du es dir aussuchen könntest?" Er antwortete direkt, leicht niedergeschlagen: „Ich hätte glaube ich gerne was Soziales gemacht, im Sinne der Gesellschaft, Waisen geholfen oder noch lieber wäre ich Lehrer geworden, ich weiß du lachst, ich habe mich ja immer über jeden Pauker lustig gemacht, aber es ist dennoch wahr, am liebsten wäre ich Lehrer geworden, da hätte ich den Menschen vielleicht einen Gefallen tun können. Mit Geduld und Liebe, mich jeden Tag daran erinnernd, wie wichtig dieser Beruf ist, würde ich generationenlang Schüler auf ihr Leben vorbereiten. Ich würde ihnen helfen, mit ihnen zusammen Bewerbungen schreiben, mit Leuten reden, auf das sie einen Arbeitsplatz oder eine Ausbildungsstelle bekämen. Ich weiß genau: Von dem ersten Tag an, an dem ein Schüler in meiner Klasse säße, würde ich jeden lieben wie mein eigenes Kind. Naja, da vorn ist die Tankstelle." Damit war das Gespräch beendet.

Wir spähten kurz hinter einem Pfeiler hervor, ob in der scheinbar licht- wie menschenlosen Tankstelle noch jemand war. „Du gibst mir Deckung", flüsterte Jonny mir zu. „Wenn jemand kommt, pfeifst du zweimal laut." Er war wieder so normal als hätte es das Gespräch zwischen uns nicht gegeben. Doch es war in meinem Kopf und sollte dort auch bleiben. Jonny schlich zur Zapfsäule und machte sich mit seinem Brecheisen an der Schließvorrichtung zu schaffen. Er knackte sie gekonnt auf und hantierte mit dem Zapfschlauch herum. Dann sprudelte ein konstanter Strom Benzin daraus hervor. Jonny hielt die Kanister darunter und rasch füllten sie sich. Als beide Kanister voll waren, kam er zu mir zurück und wir machten uns auf den

Rückweg. „Wadde", meinte ich, „wir sollten Kristen einen Kaffee mitbringen, vielleicht ganz klug, du weißt doch, wie sie drauf ist, wenn sie aufgewacht ist", lachte ich. „Stimmt", gab Jonny mir recht. Und im gleichen Laden, in dem wir gerade Benzin geklaut hatten, kauften wir nach zweieinhalb Stunden des Wartens ganz unschuldig einen Kaffee to go.

Im Gegensatz zum Hinweg war der Rückweg über alle Massen lustig, wir gingen über eine Wiese und durch ein dichtes Waldstück. „Heey Krisi", begrüßte Jonny das sich vorm Auto streckende Mädchen. „Wir haben dir 'nen Kaffee mitgebracht." „Na hoffentlich, ich hab' geschlafen wie ein Stück Scheiße." Ich konnte mir ein Lachen nicht verkneifen. Jonny warf mir einen Blick – tausend Dank für die Idee mit dem Kaffee Mann, die alte hätte uns ansonsten geköpft – zu. „Was ist mit Dean?", fragte ich Kristen. „Pennt noch seelenruhig." „He", rief Jonny durch das Autofenster, „aufwachen Schlafmütze, es geht weiter." Ich und Jonny grinsten Dean, der verdattert aus dem Fenster guckte, an. „Gott, verschone ihn", warf Krisi ein. „Ich kann mir nichts

Schlimmeres vorstellen als aufzuwachen und eure potthässlichen Fressen zu sehen." „Meine Güte hat die heute wieder schlecht geschissen", murmelte ich zu Jonny. Der gluckste zustimmend.

Kaum waren wir wieder zwanzig Minuten mit Vollgas unterwegs, platze der Reifen, den Jonny und ich nach einer guten halben Stunde endlich ausgewechselt bekamen, was Krisis Laune nicht gerade besserte. Gerade als ich das Werkzeug und den alten Reifen im Kofferraum verstaute, hörte ich Jonny sagen: „Ey Junior, schau mal, was da kommt." Ich blickte ums Auto herum, als ein Jack Russell uns mit herausragender Zunge entgegenlief. Als erstes rannte er zu Kristen und schnappte nach ihren Fingern, sie streichelte ihn bloß kurz und schon drehte er sich auf den Rücken und wollte am Unterleib gekrault werden. „Na, na du Kleiner", sprach sie zu dem Streuner, „warst du schon mal auf Reisen gewesen, bist du schon mal in einem Auto gefahren, möchtest du gerne mit uns mitkommen? Jaja ich mag dich auch. Du hast wohl auch kein Zuhause, was?" Und schon hatten wir einen Reisebegleiter mehr.

Ich sah Jonny an. „Na toll", meinte dieser. „Jetzt auch noch 'ne Töle. Ähm Krisi? Is' nett, dass du uns fragt, bevor du so 'n Fellknäuel in unser Auto lädst." „Scheiß Frauen", murmelte er mürrisch, als er den bloßen Mittelfinger als einzige Antwort von ihr bekam. Ich schlug ihm auf die Schulter. „Komm schon alter", setzte ich hinzu, „einer muss hier ja der Boss sein." Was Jonny auch sagte, der Hund war jetzt dabei, daran ließ sich nichts ändern. Wieder einmal bewies Kristen ihre extreme Sturheit. Im Grunde, dachte ich, war es doch eigentlich ganz gut so, mit dem Hund bei uns war wenigstens einer vernünftig. Jetzt waren wir zu fünft, weswegen unsere Reise aber nicht langsamer vonstattengehen sollte.

Wir jagten über weites Land, offene Felder und Wiesen, einige wenige Bäume. Die Sonne schien strahlend durch das Fenster und ließ mich träumen.Wir hörten die Beatles, es fühlte sich alles so gut an. Ich sah diesen einzigartigen Anblick absoluter natürlicher Schönheit. Überhaupt nicht hyperbolisch: Eine große sattgrüne Wiese, an deren Ende ein paar Tannen warteten, kreisförmig um einen kleinen hellblauen klaren Teich angeordnet, alles ganz unbeeinflusst. Unbeeinflusst, das waren Jonnys Worte gewesen und wieder verstand ich Jonnys Denken ein Stückchen mehr. Das war einfach unangetastete Natur, so wie sie offensichtlich nach den Gesetzen der Erde wachsen sollte. Warum sollte man sich da einmischen, an einem Baum etwas wegkürzen, etwas verändern, einen neuen ganz unnatürlichen Garten anlegen? Wenn die Logik der Erde das vorhergesehen hätte, hätte sie das doch schon selbst gebaut. Wir könnten uns doch auch einfach an dem Richtigen erfreuen und es lassen, es wachsen lassen, leben lassen. Ohne dran rumzuschnibbeln nur weil rund oder eckig mehr in unser Denken passt und die natürlichen Formen in unseren Augen keine Form haben.

Auf der grünen Wiese standen ein paar glücklicheKühe in der leichten Sonne, obwohl diese strahlte, war es angenehm kühl dank des Windes. Außerdem mischte sich ein sehr zarter Hauch von Regen in die Luft und ließ das Bild in meinen Augen vollkommen sein. Dies stimmte mich glücklich und auch etwas traurig.

„Was is los?", fragte Kristen, die neben mir saß, sanft. „Dieses wunderschöne Bild", sie folgte meinem Blick. „Es ist so unangefochten wunderbar, herrlich und klar, ich glaube nicht, dass eine Kamera oder ein Künstler dieses Bild so einzigartig in seiner Vollkommenheit wiedergeben kann. Das wäre fast Magie." „Nein, das wäre Magie", berichtigte ich mich noch. Kristen sah genau hin, ihre blauen Augen funkelten bei dem Anblick und ich wusste, dass sie ähnliche wie ich fühlte. Die frische Luft aus dem offenen Fenster war so angenehm erfrischend und es kam mir vor, als würde in diesem Augenblick alles in Zeitlupe geschehen. Das Auto, das rasend schnell und gleichzeitig so langsam über die Straße fuhr. Die vorbeiziehende Wiese und ihre atemberaubende Schönheit. „Das ist der Wind der Freiheit", sagte ich hauchend, so bemüht, diesen Moment der absoluten Romantik, in dem wir beiden uns befanden, nicht zu zerstören. „Nein", entgegnete Krisi kühl, als sie nach meiner Hand griff, mit Wärme und Festigkeit in der Stimme. „Es ist der Wind der Liebe", brachte sie zu Ende. Und ich küsste sie.

Das hieß wir küssten uns beide zeitgleich. Küssten uns so leidenschaftlich wie ich es nicht für möglich gehalten hätte, das mussten Gefühle sein, die über allem Irdischen standen, die alle Mauern brachen. Kristens Zunge forderte nach mehr und ihre geschlossenen Augen drückten stumm flehend die Begeisterung aus. Dann kam ein Schatten über uns: Der Hund leckte über Krisis Ohr und wir lösten uns. Wie eine Ewigkeit, die vergangen wahr; auf einmal fühlte ich mich so wohl und doch so unwohl, so nahe und doch so fern, so total nicht in der Realität, aber nichts war realer. Das war wahrhaftig Liebe. Liebe und Freiheit, das Schönste im Leben. Die höchsten Gefühle und das werde ich nie vergessen, auf einmal wusste ich, dass dieses unvergessliche Bild doch festgehalten wurde durch meine und die Fantasie meiner Leser. Jonny hatte uns gesehen, doch er zeigte keine Eifersucht, sondern ein Lächeln, ein Lächeln und Zufriedenheit. Und auch irgendwie Stolz, Stolz auf mich. Ich fühle mich in diesem Moment wahrhaftig grenzenlos …

# 9 Die Ruhe vor dem Sturm

Am Horizont kam sie in Sicht, wovon Jonny schon seit Tagen schwärmte, die Hauptstadt, die größte Stadt des Landes, sie war riesig. Atemberaubend hohe Gebäude von unterschiedlichster Baukunst, die sich in den Himmel bohrten. Von der Polizei fehlte bis jetzt jede Spur, was uns etwas aufatmen ließ. Wir mieteten eine einfache, aber recht räumliche Zweizimmerwohnung in der Nähe der Innenstadt. Die Stadt war reich an Arbeiten und Gelegenheitsjobs fanden sich zuhauf. Ich jobbte in der Woche fünf Stunden am Tag als Portier vor einem Hotel. Manchmal auch am Wochenende. Dean half in einem Kindergarten etwas weiter von der Wohnung entfernt und Jonny fuhr quer durch die Stadt und ließ seine Hände in die unbehüteten Kassen der Kleinläden gleiten. Und auch Kristen arbeitete gelegentlich, sie half am Wochenende, wenn das Hotel besonders viele Arbeiter benötigte, als Zimmermädchen aus. Ansonsten kümmerte sie sich um die Wohnung und den Hund, den sie beschlossen hatte Roger zu nennen.

Mit dem verdienten Geld finanzierten wir die Wohnung und Jonnys Bedarf an Drogen. Nach allen Strapazen der letzten Wochen wollten wir einfach nur noch ausruhen. Die Arbeit war mühsam und nervig, kaum Pausen und eine Menge unhöfliches Volk. Abgesehen davon war das Trinkgeld auch mager, doch zum Glück waren es nur fünf Stunden am Tag. Abends brachte ich das Bier mit, Jonny besorgte die Kippen und das Gras und wir feierten in unserer Wohnung, bis wir auf dem Sofa einschliefen. Aber es wurde eine kurze Zeit etwas weniger, weil uns allen noch die Anstrengungen und Entbehrungen der Flucht in den Gliedern steckten. Wir gingen früher schlafen und achtete etwas mehr auf uns. Am Wochenende besorgten wir uns von allem etwas mehr und gingen mit den Freunden, die Jonny hier in der Stadt gefunden hatte, in die Klubs, einer davon war sein Dealer, er brachte auch gleich den Marihuana mit und fachsimpelte mit Jonny und Kristen.

Jetzt konnte Sie endlich wieder tanzen, der Anblick beflügelte mich, es hatte sich viel verändert zwischen uns, aus einer Freundschaft war unendliche Zuneigung entstanden, doch ich weiß meine Gefühle nicht wirklich einzuordnen. Ob es Liebe ist? Diese Frage stelle ich mir in den vergangenen Tagen oft. Doch Kristen verschwindet in sich selbst und behandelte mich wie immer, nur mit einem Hauch mehr Zärtlichkeit, was mir sehr gut tut. Doch es lässt mich auch sehnsüchtig werden. Sie lehnt sich oft an meine Schulter oder kuschelt sich an mich, wenn es kälter wird, das liebe ich so: Zärtlichkeit. Sie ist so wunderschön, dieses Liebe, Nette, Gütige, Freudige und zugleich Freche an ihr. Es nimmt mich in einen Bann und gibt mich nicht mehr los, ich denke viel an sie. Auch Nachts bevor ich einschlafe ist meine letzter Gedanke stets dieses Mädchen und der erste wenn ich aufstehe. Was keine wirkliche Beziehung ist, ist trotzdem wunderschön.

Wir tanzten an diesen Abenden Stundenlang, lachten soviel und gaben uns ganz dem Vergnügen hin. Sie brachte mir soviel bei und sooft sie mir es auch zeigte, sie konnte mir immer mehr beibringen. Sie hatte nie Tanzen gelernt, sie hatte es einfach gemacht und war eine Meisterin in dieser Kunst, sie pulsierte zu der Musik auf und ab, ihre Hände bebten zum

Takt, jeder Muskel war gespannt und die Leidenschaft floss greifbar nahe durch ihre Adern. Dass sie sich auf das Tanzen verstand, spürte man wie ein Kraftfeld in ihrer direkten Umgebung. Es war ein Gefühl ganz unvergleichbar; charismatisch, unbeschwert und ehrlich, ganz ehrlich, so wie der Wind. Durch Jonnys Adern floss eine ähnliche Leidenschaft, nicht so vollkommen, aber er tanzte auch, lebte und man spürte das Leben so lebhaft wie es nur sein konnte wenn man in seiner Nähe war.

Umso mehr wir feierten, desto mehr lebten wir auf, bis die Stimmung im Saal kaum noch zu erhöhen war und selbst dann machten wir das unmögliche möglich und setzten der vollkommenen Stimmung noch ein Stück Vollkommenheit hinzu und alle spürten es. Das erzeugte unsere Anwesenheit, ein Gefühl der Freiheit und gleichzeitig lagen sich alle zu der Musik in den Armen, ob Freund oder Feind, ob man sich nun kannte oder nicht, es war gleich, wir waren alle, alle gleich. An diesen Abenden ging es uns und am allermeisten Jonny am besten. Wir hatten ein Stückchen das Gefühl, dazuzugehören und ein

Teil unseres Traums, unseres nicht vorhandenem Ziels erreicht zu haben .Wir bildeten uns ein, wir würden dazugehören und nicht länger hundertprozentige Außenseiter sein.

So vergingen die Nächte. Irgendwann mitten in der Nacht ging Jonny meist mit einem Mädchen auf ein Zimmer. Wir feierten solange weiter. Alles um uns herum wurde vergessen und wir lebten einfach. Das ging Abend für Abend so, die Arbeit stellte den ungemütlichen Ausgleich für die unvergleichbaren Nächte. Und es war gut so, wir lebten und feierten, doch vergaßen auch die andere Seite nicht, das sorgte dafür, dass es auch so schön blieb. Umso mehr Zeit ich mit Krisi verbrachte, desto öfter dachte ich an sie bei der Arbeit.

Auf dem Rückweg von der Arbeit lief ich an einem Trödler vorbei, und da sah ich sie: eine gut erhaltene Westerngitarre. Lange feilschte ich mit dem Händler, bis er sie mir schließlich, nach einigen Bitten und Erklärungen, für mein mageres Trinkgeld überließ. Ich wollte sie nicht lange vor Jonny verstecken, ich wüsste auch gar nicht wo, also gab ich sie ihm direkt.

Seine Freude war gewaltig. Es dauerte nicht lang und alles, was er auf der Gitarre je gekonnt hatte, floss wieder durch seine Fingern. Bald sang er auch und ich erkannte die Texte, es waren unsere Gedichte. Schnell wurde klar: Das war mehr als ein Hobby, das war wahre Lust an der Sache und seine dunkle Stimme erhellte die Wohnung. Gab uns allen gute Laune.

Doch ich war wenig Zuhause. Ich ging viel durch die Stadt, unterhielt mich mit den Menschen. Und vor allem arbeitete ich. Sehr viel. Besuchte viele Abendkurse. Einen Erstehilfekurs. Lernte kochen, ging in verschiedene Werkstätten. Nach einiger Zeit zog Jonny nach und wir beide arbeiteten und verdienten unser Geld mit unseren Händen, durch ehrliche Arbeit, das war ein gutes Gefühl. Ich war ein Gesetzesbrecher. Doch ich fühlte mich – so wie wir es angingen – damit sehr wohl, zumindest viel besser als noch vor Wochen, denn nun hatte ich das Gefühl etwas zu tun, was einen Nutzen hat, auch für andere Menschen. Damit war mein Gewissen viel reiner und ich konnte mich mit unserer Situation zufrieden geben.

Wir wurden sesshafter und, das Schlimmste, wir genossen es.


## 10 Der Gipfel der Welt


So verbrachten wir die Zeit, die Tage wurden zu Wochen und rasch waren wir schon fast einen Monat hier. Dies war die größte Stadt im Lande und bald sollte ich sehen, dass sie mehr trägt als nur ihre Straßen und die Menschen in den Gassen, weitaus mehr. Es war eines Abends, es war noch taghell draußen. Wir befanden uns in einer alten, kleinen Kneipe, in der wir uns aufhielten, wenn wir nicht gewaltig Lust auf übermässig viel Gesellschaft hatten. Es wurde dann ganz langsam dunkel, doch die Stadt lebte lang und die Straßen und Läden sollten immer lange voller Menschen sein. Wir waren zu dritt hier, Dean, Krisi und ich.

Nach einer Zeit kam Johnny dann und zeigte mit dem Finger auf mich. Er ignorierte Kristens Vorwürfe, sie habe sich ja Sorgen gemacht. „Ich muss dir was zeigen", sagte er. Wie er es sagte, weckte meine Neugier. Ich war gespannt. Er führte mich weit, weit in die Stadt hinein. Durch Gassen und breite Straßen, an hohen, großen und kleinen Häusern vorbei. Unterschiedlichster Bauart. Bauten aus so vielen Jahrzehnten. Auf einer abgelegenen breiten Straße meinte er, wir hätten unser Ziel erreicht.

Wir standen gegenüber von einem Spielplatz, daneben ein Hort und eine weiterführende Schule. Er zeigte auf eine Mauer und sprach: „Sieh's dir an Kleiner, sieh sie dir an. Sag mir", sein Blick wurde durchdringend, „sag mir, was du siehst." Eine Mauer, war es das, was er mir zeigen wollte? „Ich sehe eine Mauer. Niedrig. Sie ist voller Moos und Graffiti, Kreide und Schmutz. Sie muss sehr alt sein und sie ist voller Risse im Putz", sagte ich. „Ich glaube, sie hat keinen besonderen Nutzen mehr und man könnte sie abreissen." All das beschrieb ich wie auf Befehl. „Sehr gut", antwortete Jonny. „Deine Beobachtungsfähigkeit ist bemerkenswert, doch jetzt lass uns einen Schritt weitergehen." Sein Blick wurde noch eingehender. Ich sah ihn an und er flüsterte zu mir, fast wie in Trance: „Kannst du mir auch sagen, was für einen Zweck diese Mauer vielleicht doch, wenn auch nur für bestimmte Betrachter, haben könnte?" Zu dem Zeitpunkt wusste ich überhaupt nicht, was er meinte. „Ich … ich verstehe nicht." Jonny schlich um mich herum, zog Kreise, ähnlich wie ein Raubtier um die Beute. „Ich gebe dir eine gewisse Hilfestellung. Sieh dir doch auch mal die Umgebung an."

Ich sah mich um, gegenüber der Mauer neben uns erstreckte sich die Straße, zog sich durch ein einfaches – man mag sogar sagen: leicht ärmliches – Viertel der Stadt. Jonny folgte allen meinen Blicken. „Und jetzt sieh hinter die Mauer." Er machte eine Räuberleiter und ließ mich sehen. Ich reckte den Hals und sah Villen, große noble Mehrfamilienhäuser und Wohnungen. Da waren große, schöne Gärten, so voller Pracht und alles sah sehr gesund und gepflegt aus. Ich war begeistert. Und nicht nur das, ich verstand was gemeint war. „Es ist eine Mauer, nein mehr eine Grenze zwischen den Armen und den Reichen." „Ja", hauchte Jonny laut, mit ernstem und überrascht wirkendem

Gesicht. „Und glaubst du", flüsterte er jetzt wieder ganz knapp, „dass es für uns auch irgendwo eine Grenze gibt, eine Grenze, an der die Freiheit nicht mehr vorbeiströmt? So wie das Wasser an einem Damm versagt und bricht, dass so auch diese, unsere Freiheit bricht."

Es schien als sehe er in meinen Kopf, er sah mich und verstand mich, ob er wohl auch wusste, dass ich schon lange diese gleiche Mauer vor mir sah und mir aber bewusst war, dass sie da war, dass es sie gab? Und ich mich nur noch fragte, wann wir an dieser Mauer zerschellen würden? Wie viel Zeit uns noch blieb? Ich log: „Jonny, ich weiß es nicht." „Doch, du weißt es", las er aus meinem Gesicht. Seine Stimme war hart, aber nicht böse und er beließ es dabei. Dann rief er: „Aber vielleicht kann ich dich ja von dem Gegenteil deiner Meinung überzeugen. Komm mit."

Und wir gingen weiter. Genau in das verarmte Viertel hinein. Immer weiter und mit jedem Haus eine neue Schicht der Armut, ganz tief drin im Kern der Stadt, waren wir am

Abschaum angelangt, der Abschaum der Menschheit, und wir gehörten dazu. Überall Gestank, verpestete Luft. Das Unglück konnte man praktisch aus ihr heraus atmen. „Komm", scheuchte Jonny mich immer weiter. Dann stiegen wir auf. Wir stiegen höher, immer höher und da, da war er dann. Auf dem höchsten Gebäude des Armenviertels. Auf dem Dach eines der höchsten Gebäude der Stadt. Hier standen wir. Der unglaublichste Moment meines bisherigen Lebens. Unbeschreiblich. Da war er: der Gipfel der Welt.

Von hier aus konnte man alles sehen. Die ganze Stadt war zu überblicken. Es war alle so unendlich riesig. Und ich blickte hinab, blickte hinab auf diese Welt, da unter mir, all die Menschen und es war so still hier oben. Ein Wind wehte durch mein Haar, ich hatte das Gefühl, über all dem zu stehen. Jonny lachte, ich sah ihn an nach einer ganzen Weile, die mir vorkam wie eine sehr kurze Zeit. Und er lachte, ehrlich und glücklich, ich freute mich über diesen Anblick, es war so schön und doch so grausam, über meinem Haupt flogen ein paar Vögel und unter mir diese Welt aus

Asche, Dreck und Staub, Asche der verbrannten und vergessenen Fehler, der Menschen. Diese verarmte, traurige, bemitleidenswerte Welt.

Und ich sah die andere Seite über dieser Armut, gegen all das Leid stand so viel mehr, was ich mir immer bewahrte, die Chance auf ein glückliches freies Leben und ich hatte nie vergessen, dass es sich dafür lohnt zu kämpfen. Für ein glückliches Leben und dass uns das auszeichnet, dass wir stark sind und nicht fallen lassen dürfen uns nicht vergessen, uns nicht belügen dürfen, dass wir soviel Kraft in uns haben und auch so Großes vollbracht haben.

Ich sah die beiden
auf der andern Seite
und beide
gut wie schlecht
ich meine ihr
ihr könnt doch nichts dafür

Ich sehe das alles
und noch viel mehr
und viel zu wenig

gut wie schlecht
man brauch euch beide
denn ohne das eine
geht keins der zweite
ohne Arm
geht kein Reich
und ohne Reich
kein Arm

Wir sind gefangen
in unser
unser kaputten Welt
ohne Lösung, so ausgeliefert
und ich denke an dich
unter mir die größte Stadt
größte Stadt, die ich je sah
und ich frage mich
wo, wo du bist
ich weiß es ist so
ich kann es nicht ändern
und mir wird klar

All die Lichter
die Lichter in der Nacht
in meinem Leben gelten nur …

Wir sind gefangen
über mir der Himmel
und unter mir
diese grauenvolle Stadt
voll mit Dreck
voll mit Leid

Ich bin oben
manches mal oben angelangt
und gefallen
weil ich doch
weil ich doch
weil ich doch
so gerne mit dir geflogen bin
und dich nie verlieren wollte
ich weiß auch nicht
nicht recht wer du bist
ich weiß nur

All die Lichter
die Lichter in der Nacht
gelten nur dir …
doch ich kenne dich nicht

Es kann nicht immer nur gut sein, aber es
reicht schon, dafür einzustehen, dass es immer
wieder schön sein kann und dass es Glück

gibt, wenn auch nicht von ewiger Dauer. Ich konnte von hier oben nichts ändern, aber ich konnte alles, alles sehen, und ich begriff es auch. Es war die Magie, in einem Moment soviel an Weisheit dazu zu erlangen und den Moment mit der Erkenntnis zu verbinden.

Und jetzt bin ich hier oben
oben auf dem Gipfel der Welt
wo alles irdische
für einem Moment
für einen Moment nicht mehr zählt

Doch auch da unten
da unten
gibt es soviel
soviel, was zählt
und ob hier oben oder unten
ich weiß immer
der Abstieg wird kommen

doch das war
ein Augenblick
so wie Wunder
die so schnell vergehen
ein Moment
so wie die Sterne

die am Himmel stehen …

Und ich ging ganz nahe an den Rand des Hochhauses. Da unten, alles gespickt von Wäscheleinen, die aus dem Fenster hingen, ich war dem Abgrund jetzt so nahe. Noch ein Schritt, und es wäre mein letzter gewesen. Dort stand ich und genoss die Aussicht, unbeschreiblich, wahrhaftig unvergleichlich, wie eine Herrscher über eine ganze Stadt. „Vor zwei Tagen", begann Jonny kummervoll, „da war ich hier oben. Konnte fast nichts mehr sehen, hab alles geraucht und getrunken, was ich hatte und den ganzen Tag nichts gegessen, dachte ich könnte sterben. Hier oben vergessen werden. Ungeliebt. Mein Körper könnte vergammeln und würde nicht so bald gefunden werden. Doch es ging nicht. Was ich auch tat, ich konnte nicht sterben! So als wollte dieses Leben noch was von mir, eine letzte Aufgabe und dann … dann …", sprach er immer leiser und brachte den Satz nicht mehr zu Ende, sah mich nur mit einem Blick an, der mir vieles sagen sollte.

„Merkst du das Junior", lächelte mich Jonny von hinten an, was wohl keine Frage, sondern eine Feststellung war. „Ich fühle mich immer mehr, immer mehr so wie ich mich fühlen wollte, als wenn mein Traum von der Freiheit tatsächlich auf absurde Umstände doch möglich wäre. Jetzt, in einem Moment wie diesem, fühle ich mich tatsächlich so unbeeinflusst, von allem weg, was mir je schadete." „Jonny", meine Stimme war jetzt ernst und fest, „Jonny, ich habe dir nie gedankt." „Nein, hast du auch nicht, aus gutem Grund." Ich sah ihn an und er sah mich an. „Weil ich dir danken sollte."

Und dann stiegen wir hinab, zurück in die Hölle, doch jetzt, wo wir nur ein mal da oben gewesen sind, uns so fühlten wie Herren über eine ganze Stadt, war der Abstieg in den Abgrund umso schwerer. Ich kam noch oft zurück, wollte noch oft ein König sein, ein Herr über eine ganze Stadt. Was war ein Herr, wenn er nur die Laien beherrschte, nur den Pöbel, nicht die wirklich Mächtigen. Es gab noch nie einen Führer, einen Diktator, einen König, der gänzlich über der Macht aller anderen stand, der mächtig genug war, immer alles zu tun, was er wollte. Und der Gedanke, dass seine Macht bedroht sei, absurd wäre.

Diese Macht gab es nicht, denn der Mensch funktioniert auf seine Weise ganz einfach. Brot und Spiele, das Stichwort. Ein Mensch kann nur Macht über andere verliehen bekommen, solange er einen Teil seiner Untergebenen mehr Macht verleiht, Senatoren wollen Macht, andere wollen Geld. Was es auch war, aber niemals konnte einer allein alle nach Gutdünken kontrollieren. Welchen Titel man auch trägt, man regiert niemals allein. Die Mächtigen müssen immer mitherrschen, denn Menschen sind zu klug, sie lassen sich nicht alle unterwerfen. Ihre Gier und ihr Verstand sind dafür zu weit ausgeprägt. Und genau daran gingen die meisten zugrunde, auf eine gewisse Weise alle. Dass unsere Welt nicht funktionieren kann, solange kein Ausgleich des Sozialsystems, der Wirtschaft und jeglichen Kapitals existiert, ist offensichtlich.

Was Jonny sagte: „Eine letze Aufgabe auf dieser Erde und dann …" Ich überlegte, was er meinte, aber ich wusste es eigentlich schon. Als hätte ich es immer gewusst. Das war der Grund, warum ich hier war. Die Erkenntnis schlug mich hart. Das war der Grund, warum ich noch nicht zu Brei geschlagen in irgendeiner Gosse lag. Er brauchte mich oder es war einfach, weil er mich mochte. Das war eine Hoffnung. Doch die Aufgabe blieb. Ich musste es perfekt machen, für ihn, dass er seinen Traum doch noch wenigstens leben sollte, bis dahin werde ich abwarten. Mein Wissen machte mich traurig. Es machte mir Angst. Doch Ruhe, Stärke und Verstand waren jetzt gefragt. Ich blieb ruhig, ich verstand und es ging nicht anders. Ich wüsste zumindest nicht wie?

Am nächsten Morgen fuhren Jonny und ich los und holten den Brief meiner Eltern ab. Wir hatten einen Ort angegeben, weit weg von uns, um keinen auf uns aufmerksam zu machen. Ich fragte am Schalter nach dem Brief, doch man sagte uns, er wäre schon vor zwei Tagen abgeholt worden. Ich verstand nicht. Wer könnte den Brief geholt haben und wieso, vielleicht die Polizei? Jonny wirkte ebenso ratlos wie ich. Wo war dieser Brief? Es enttäuschte mich. Ich hatte mich auf Neuigkeiten von meinen Eltern gefreut. Es war schön von ihnen zu hören, jetzt, wo der regelmässige Briefkontakt funktionierte.

Wir sahen Dean mit zwei Kerlen reden und Krisi auf der Tanzfläche mit ein paar Leuten einen Gruppentanz tanzen. Wir saßen abseits am Tisch und tranken. Ich war in meine Gedanken versunken wie so häufig und Jonny blickte aus dem Fenster. Er wirkte so nachdenklich, nachdenklicher als sonst. Ich hatte das Gefühl, da stimme was nicht.

Und es sollte nicht besser werden. Jonny versank mehr in Gedanken, nur ließ er sich nichts anmerken gegenüber Krisi und Dean. Oft saß er auf dem Balkon in seinem Sessel und blickte gen Himmel, sang leise oder flüsterte und tat danach wieder total unbeschwert. Dann wurde er krank und auch Krisi und Dean mussten die Augen aufmachen. Er verzog sich und ging nur noch aus dem Bett, um Drogen zu besorgen. Er rauchte mehr denn je. Und nun mussten wir uns um ihn kümmern. Ob Krisi in anbrüllte oder weinte, es sah so aus als würde er sie kaum hören. Sie schrie manches mal und warf Dinge nach ihm, doch er machte es nur weg und verzog sich wieder. Und ich, ich sprach nicht mehr mit ihm. Eine Woche, zwei, drei, weiß nicht mehr. Ich wollte nicht mehr mit ihm sprechen oder ich traute mich einfach nicht. Ich machte die Augen zu und wollte ausblenden, was mit meinem Freund geschah, er wurde schwach, knickte ein und ich ging durchs Zusehen mit kaputt und dennoch ging ich immer daran vorbei.

Ich dachte zurück und durchblätterte unsere Aufzeichnungen.. Und dann erinnerte ich mich wieder, an alles, was wir zusammen erlebten und taten. Unsere gemeinsamen Gedanken. Und ich wusste, jetzt musste ich ihn zurückholen auf die Welt, denn er hatte noch eine Aufgabe zu erledigen, das hatte er gesagt. Er musste das noch machen. Also ging ich eines Abends in die Kneipe, das Feiern hatten wir seit kurzer Zeit aufgegeben, und trank einige Gläser, bis ich bereit war. Ich hielt mir nochmal vor Augen, was er für mich bedeutete, als Freund. Und dann ging ich nach Hause, auf den Balkon und setzte mich zu ihm, nahm eine Zigarette und zog einmal, dann warf ich sie über die Brüstung. Noch einmal durchatmen. Er braucht dich jetzt.

„Jonny was stand in dem Brief?“
Er schmunzelte.

„Du kennst mich gut, was?"

„Ich sehe diese unbesiegbare Trauer in deinen Augen, ich sehe, dass etwas in dir ist, das dich zerfrisst, bitte sag mir, was du hast, geht es um mich, was stand in dem Brief und warum hast du ihn früher geholt und warum hast du es mir nicht gesagt?"

Ich blickte zu Boden. Meine Stimme blieb jedoch ohne jeden Vorwurf.

„Ich weiß es nicht", sagte er ausweichend.

„Doch, du weißt es", sagte ich streng. „Bitte, ich bin verzweifelt, sag mir, was sollen wir ohne dich tun? Wir brauchen dich doch Mann! Hilf uns. Komm zurück. Bitte."

„Ich kann nicht", sagte er.

„Du driftest immer weiter weg, Mann, was sollen wir denn tun, dich schlagen so wie Kristen es tun würde? Also, ein allerletztes Mal: Was stand in diesem Brief?"

„Ich habe einen Sohn", brach es dann aus ihm hervor. Mir versagte die Stimme.

„Ich bin Vater. Ich habe einen Sohn. Es gab Schwierigkeiten bei der Geburt, sie mussten das Kind per Kaiserschnitt holen, doch der Ultraschall war nicht eindeutig, denn dann hätten sie gewusst, dass da noch ein Kind war. Ja, da war noch ein zweites Kind."

Er schien in sich selbst zu versinken, er war weg, weit weg, da war er die ganze Zeit, eingesperrt in vier Wänden, einen winzigen Raum, gefüllt mit seinen eigenen Tränen, in denen er nach und nach erstickte. Sein Kopf knallte auf den Tisch und er weinte. Ich sah einfach nur zu, ohne Regung, ohne Bewegung. Ich muss so gnadenlos ausgesehen haben. Meine Hand war so schwer, von meinen Denken so schwer geworden, so unbeweglich, ob ich es schaffe wieder aufzustehen? Schulterklopfer, in die Arme nehmen, das hätte ich jetzt wohl zu tun. Aber ich tat nichts. Wieder mal war ich unfähig etwas zu tun, als ein geliebter Mensch am Boden zerstört war. Er hatte sich durchs Land gehurt und jetzt zog er die Konsequenz und alles brach auf uns ein, ich wusste nicht, wie man sich jetzt verhalten sollte, es war soviel, was man jetzt denken konnte. Ich stand auf und ging weg. Überließ ihm seinen Schmerz. Jetzt hat er sich verfahren, hätte er doch nur ein bisschen mehr aufgepasst. Doch ich fühlte nichts mehr. Meine Zweifel wiedergekehrt. Stärker als je zuvor.

„Junior", schluchzte er. „Warte doch." Er sah mich von unter her an, ein entwürdigendes Bild für einen einst so großen, starken Jungen. Ich drehte mich zu ihm um und schlug ihn, langte ihm eine, direkt ins Gesicht, gerade als er aufstehen wollte. Er fiel zurück in den Sitz. Ich schlug wieder zu und noch einmal. „DU HURE! DU VERDAMMTE HURE! DU BIST DOCH SELBST SCHULD, WENN DU NICHT AUFPASST! WAS BIST DU FÜR EIN IDIOT! SO EIN IDIOT! EIN ARSCHLOCH, EIN SPAST. DACHTEST DIR WOHL: IST WITZIG, MAL SO OHNE GUMMI, REIN RAUS. HAA, WAS KANN SCHON PASSIEREN, JA ICH BIN DER GROßE JONNY, FACKEL NE KIRCHE AB UND RAUS. EINFACH DURCHBRENNEN MIT MEINEN KUMPELS. SCHEIß DRAUF, WAS PASSIERT. DEINE IDEEN, DEINE IDEALE, WAREN SO GENIAL, SO KLUG. UND DU VERSINKST IN DEINEM ALKOHOL, DEINEN DROGEN UND DAS NENNST DU FREIHEIT. WIR GEHEN JA ECHT MIT NEM GUTEN BEISPIEL VORAN, DU WILLST NICHT ALLEIN SEIN. DANN TU NICH IMMER ALLES, WAS DU WILLST UND PASS DICH

GEFÄLLIGST EIN BISSCHEN AN DU
VERDAMMTES ARSCHLOCH!"

Links und rechts. Ein ums andere mal schlug
ich zu, er blutete schon am Mund. Ein letzter
Schlag, dann war es vorbei. Er stolperte und
fiel über seinen Sessel. Er prallte mit dem
Gesicht auf dem Boden. Langsam, elend
drehte er sich auf den Rücken. Ich konnte
nicht sehen, was er dachte, er sah mich einfach
nur an. Ich wusste genau, wenn ich jetzt nicht
ging, würde ich ihn zu Tode prügeln und nicht
mehr aufhören zu schreien, ein Schlag, eine
Anklage gegen ihn. Schlag, Anklage, Schlag,
Anklage. Der ganze Hass, die angestaute Wut
auf ihn würden explodieren und mich rot
sehen lassen. Doch ich sah ihn nur an,
unerbittlich von oben herab wie sein Herr und
ich fühlte mich gut dabei, ich sah ihn an, so
wie er Mark angesehen hatte, nachdem dieser
von ihm verprügelt worden war. So wie alle
anderen, die er verprügelte. Wie ein Herr, ein
Eroberer. Und ich sagte nur noch: „Wir sind
nunmal nicht dafür gemacht unbesiegbar zu
sein, auch nicht du, Jonny." Fast albern
wie ich es sagte, auf einmal ganz sanft.

Ein letzter ausdrucksloser Blick in seine Augen und ich ging.

Auf der Straße lief ich der untergehenden Sonne entgegen. Als kleiner Junge träumte ich immer davon, sie eines Tages zu fangen. Ich lief also hinterher, das wollte ich machen, ich wollte mal wieder schwitzen, mal wieder frei atmen, mir mal nur darum Gedanken machen, ob ich von hier bis zum Grande Hotel durchhalten würde. Ich lief also. Und das gefiel mir. Lief mit Tränen in den Augen.

Ein Kind war gestorben. Allerdings wollte ich dafür niemandem die Schuld geben. Weder Ärzten noch Jonny noch sonst irgendwem. Dass Kinder sterben, war normal. Das konnte man nicht ahnen. Wäre er mit dem Mädchen zusammen und wäre sesshaft, dann hätte das Baby ebenso sterben können. Der Tod der Kleinen war nicht seine Schuld. Doch das Menschen auf ihn treffen, ihn kennenlernen und sich ihm unterordnen so wie Mark, Dean, all die Jungs aus unserer Clique und natürlich auch ich und was er in Folge dessen aus den Menschen macht, was aus ihnen wird, all das war seine Schuld. Er war gesegnet mit tausend

Fähigkeiten und einer beeindruckenden Intelligenz, hätte er das doch mal ein bisschen mehr genutzt. Ich lief seit über einem halben Jahr einen Geist hinterher. Einem Helden, den ich sah. Einem Helden, den es eigentlich gar nicht gab. Und im Grunde war das einfach nur schade! Jedoch war ich nicht, auch jetzt nicht, böse auf ihn. Ich hasste ihn nicht. Es brachte mich nur zur Verzweiflung, was wir vier der Welt antaten.

Ich lief weiter. Wir hatten in diesem System keinen Nutzen und alle Hoffnungen, die ich in mein Leben steckte, steckten in dieser kleinen hässlichen Kladde, jede scheiß Idee, dieses grüne Ding war meine einzige Hoffnung, dass mein Dasein auf dieser Erde nicht ganz sinnlos sei. Doch ich verlor meine Zuversicht erneut und verlor mein Glück, ich lief hier, die Straße lang, ohne einen Nutzen lief ich gegen den Strom, den Wind. Doch ich wusste nicht, was ich hier machte. Ich war so allein. Doch in diesem Moment hatte ich ein Ziel, einmal! Einmal ein Ziel, nur wusste ich erst selber nicht, wohin ich lief.

Doch dann bin ich wieder hier, bin wieder hier, hier oben auf dem Gipfel der Welt und blicke hinab und schreibe in meine Kladde. Das ist das, was keiner versteht. All die Leute da unten, sie verstehen das nicht, doch ich hoffe, sie werden. Und auch die Menschen, die dieses Tagebuch lesen werden, können das doch gar nicht verstehen, weil sie nicht so denken wie wir. Wie groß das alles ist, wie groß die Welt im Verhältnis zu uns ist. Und wir denken tatsächlich, wir könnten damit fertig werden. Zu groß für einen einzelnen. Kommt doch her, ich werde mit jedem von euch fertig. Kommt her, ich kenne keine Gnade und kenne keinen Gott. Es ist in diesem Augenblick als würde eine magische Musik in mir spielen. Nur ich kann sie hören.

Eine Musik so atemberaubend, dass niemals jemand etwas vergleichbares schreiben könnte, das ist unmöglich, ich fühle die Musik. Schwebe. Komme mir vor als würde ich fliegen und ich will nie, nie mehr landen.

Was meine Fantasie erzeugen kann ist überwältigend. Bis die Musik plötzlich verebbt und Ruhe einkehrt. Es ist alles still. Dann höre ich in weiter Entfernung ein Baby schreien und einen Mann brüllen. Unter mir nehme ich wieder das Hupen und das Gekreische der Menge wahr. Es kommt über mich, härter als ein Faustschlag, irgendwie muss für uns alle Platz auf dieser Erde sein. Ich fühle mich allein, unbeschützt, von niemandem noch wahrhaftig geliebt. Ich bin so allein. Ohne Gott, ohne Glauben, aber gesegnet, mit einem Stückchen Freiheit. Die Frage: Ist es das wert?

Doch ich habe jetzt nun mal noch eine Aufgabe, um die ich mich zu kümmern habe und ich habe das Gefühl, es ist bald soweit.

## 11 Ich bin wohl ich und weiß, wer das ist

Ob er wohl nachtragend sei, ob er sich rächen würde, mich anschreien? Von alldem ging ich nicht aus. Ich glaubte mehr, er würde noch viel weiter abgestürzt sein. Ich ging die Treppe hoch, öffnete die Tür unserer Wohnung, es brannte kein Licht im Flur. Im Wohnzimmer brannte ein kleines Licht. Kristen verarztete

Jonnys Wunden, auch im Dunkeln konnte ich Blutergüsse, blaue Flecken und etwas Blut erkennen. Ich hätte nicht gedacht, dass ich so hart zuschlagen konnte. Ich blickte nicht zu Boden, ich starrte die beiden einfach an. Erst ihr ausdrucksstarker Blick ließ meinen sinken.

Hatte ich sie damit verloren? Dass ich ihrem Geliebten Jonny die wahrhaft verdiente Abreibung verpasst hatte? Sie ging mit dem gleichen Blick an mir vorbei, da streichelte ihr kleiner Finger über meine geschundene Hand. Die Hand, mit der ich zuschlug, die Hand, die jetzt schmerzte und jetzt erst spürte ich, wie mein Arm gebebt hatte, als ich ihn verdrosch. Ihr kleiner Finger, klein schon, aber die größte Geste überhaupt in diesem Moment.

Es war dunkel und wir standen uns gegenüber, ich und der riesige Kerl. Man kann diese Momente beschreiben, doch ich schwöre, man schafft es niemals ganz, zuviel Gefühle liegen im Raum. Dann kam er auf mich zu, wieder ohne Ausdruck in der Stimme. Rempelte gegen meine Schulter, sprach ganz lässig: „Schwamm drüber!" Schulterklopfern und Zwinkern waren bei ihm dran und das nicht zu knapp, ganz der Alte. „Ich muss mich jetzt erst einmal erholen, du hast 'nen verdammt harten linken Haken." Er streckte mir die Zunge raus und drehte sich ab, verschwand in Richtung seines Schlafzimmers. Ich stand einfach nur da. Ob er wohl in meinen Gedanken las, sowie früher, konnte er das noch, oder hatte er wirklich seinen ganzen Verstand weggeraucht?

Noch eine ganze Weile schlich ich durch die Wohnung, bis ich beschloss zu schlafen, erschöpft war ich, doch ich konnte nicht schlafen, mir fiel auf, wie sehr ich nach Schweiß stank. Es war extrem, es widerte mich an. Ich riss mir die Klamotten rücksichtslos vom Leib. Nackt trat ich auf den Balkon und zündete mir eine Zigarette an. Die kalte Luft war unendlich angenehm. Mein aufgeheizter Körper wollte sich lange nicht recht beruhigen.

Nach Stunden, zumindest kam es mir so vor, eine Uhr hatte ich nämlich nicht, hatte sich mein Körper abgekühlt und eine neue Müdigkeit überkam mich. Ich ging rein schloss alle Fenster und wärmte mich auf. Mein Blick ging immerzu in Richtung Sofa, wo mein Schlafsack und ein kleines rotes Kissen auf mich warteten. Todmüde zwar, aber an Schlaf war noch nicht zu denken. Ich schlenderte durch das Haus, ich wollte einfach mal lesen. Irgendein Buch, hätte von mir aus sogar ein Biologiebuch sein können. Doch ich fand einen Schmöker namens Faust.

Also lesen. Erst im Liegen, dann lief ich während des Lesens auf und ab ,dann setzte ich mich hin, nur um schließlich wieder aufzustehen. Im halben Handstand las ich, in einer Hocke und auf einem Bein und fast nie wendete ich meinen Blick von den Zeilen. Es war so herrlich, sich mal mit der Welt von etwas ganz anderem zu beschäftigen. Ablenkung, das war das Ganze. Darauf kam es an. Das war jetzt mein Stressabbau, Lesen auf einem Bein, ich war doch total bescheuert. Lesen beim Handstand, ich war verrückt. Lesen beim von der Decke hängen lassen, Hilfe, ihr müsstet mich einliefern. Lesen: die beste aller Lernquellen. Glaube ich zumindest. Wäre schön, wenn ich das glauben dürfte, denn ganz so ein Idiot bin ich dann ja doch nicht. Meine Gedanken überschlugen sich.

Eine Zeit lang schaffte ich es, mich abzulenken, und es gab nur noch mich, das Buch und das eine Bein, auf dem ich stand. Dann war es wieder da: Du hast deinen besten Freund geschlagen. Du hast zum ersten Mal einen Menschen bewusst verletzt. Richtig verletzt! Und ich drängte mich selbst und verschwand wieder im Buch, das ging so weiter bis beides ein wenig ausgelutscht war, der Gedanke, dass ich meinen besten Freund geschlagen hatte und dieser olle Schmöker, oder anders: bis ich von meinem einen Bein fiel.

Es war schon hell, als ich schlafen ging. Und ich fühlte mich schon so viel besser. Ich merkte langsam, wenn man es nur erträgt, ist man irgendwann soweit, dass man mit den meisten Gegebenheiten, so ungewöhnlich sie auch sind, leben kann. Ich hatte das Gefühl, dass ich mich langsam auf all das richtig einließ und viel mehr: Ich ließ es zu! Ich fand mich. Fühlte mich in dieser Gruppe nicht nur wohl, sondern war tatsächlich auch zufrieden. Das war einfach cool. Ich schlief beruhigt und erschöpft ein. Ich wusste, ich würde alles meistern, was noch kommt, mein Leben ist nicht ganz zwecklos und ich werde mein Bestes geben. Jetzt ging es nur noch darum, mich bei Jonny zu revanchieren. Alles, was er braucht, ist eine Chance, vielen Menschen sein Talent zu beweisen. Und ich werde ihm diese Chance geben!

Die Arbeit in den nächsten Tagen entspannte mich zunehmend. Steine schleppen auf dem Bau war die letzten zwei und die nächsten zwei Wochen angesagt. Kaufte mir Laufschuhe, billig, aber gut, die ich auf dem Flohmarkt fand. Morgens lief ich um fünf Uhr früh zur Arbeit und abends wieder zurück, Kladde und Stahlklappenschuhe brachte ich in meinem Rucksack mit. Ich stellte meine Ernährung etwas um . Aß zu regelmässigen Zeiten, legte viel Wert auf ein gesundes Frühstück und ich lief. Bei jeder Gelegenheit lief ich. Dazu summte ich leise. Es war eine Art der Meditation, klingt albern, aber wahr, ich war so froh ,etwas Routine gefunden zu haben und gleichzeitig mit der Abwechslung im Einklang zu sein.

Viele Kollegen wunderten sich, wie man doch nur so gut gelaunt sein konnte bei dermaßen stumpfsinniger Arbeit. Steine schleppen, Bretter schleppen, alles schleppen, was es zu schleppen gab. Eintönig, doch genau das, was ich brauchte. Es war so herrlich. Ich schwitzte gerne, und ich dachte an sie, an Kristen, an meine erste große Liebe. An jedes Mädchen, das mir gefiel, denn sie alle zusammen verkörperten meine perfekte Liebe: Krisi. Ich liebte es, den Wind einzuatmen und in dieser großen Stadt zu leben. Sie zu durchlaufen, wenn die meisten Menschen noch schliefen.

Es gab für mich bald nichts Schöneres als den Himmel. Der Himmel, mit Wolken gefüllt von einem klarem Blau, oder dunkel und finster. Mir gefiel die Sonne, doch auf Regen wollte ich ebenso wenig verzichten, und der Wind, der mein Kontrahent oder Verbündeter war beim Laufen, mein Freund oder mein Feind. Entweder er war in meinem Rücken und trug mich oder er hielt mich auf, hielt mich fest, umarmte mich von vorne und wollte mir sagen, du sollst, nein du darfst nicht weiter. Doch wenn er mich trug, dann war er hinter mir und gab mir alles an Kraft, ließ mich glauben, dass ich das alles schaffe. Dieses Leben durch meine Augen, meine Ohren, meine Nase und durch meinen Verstand wahrzunehmen war das Allerbeste, was ich mir denken konnte. Ich bereute jetzt wirklich nichts mehr.

Eine Frage, die sich mir stellte, war: War es das, wohin Jonny uns bringen wollte? Diese Zufriedenheit, die ich erreichte. Das wir mit diesem Leben zufrieden werden und damit umgehen können. Lernen es zu ertragen. Wenn das seine Absicht war, dann wäre er ein Genie. Dann hätte er sich nie geirrt. Es wäre unglaublich, wenn er den Zustand, in dem ich mich befand, von Anfang an geplant hatte. Doch es sollte mir egal sein. Ich wollte erstmal genießen. Alles genießen, an dem ich mich immer erfreute. Die Inspiration floss durch mich hindurch wie ein reißender, nahezu gefährlicher Bach. Da gab es keine Wurzeln am Ufer an denen man sich festhalten könnte, kein Retter, der einem helfen konnte, dafür war die Strömung einfach zu stark.

Ich bin gelaufen
am Rande eine Flusses
ohne jemals
meinen Atem zu verlieren

ohne jemals mein Ziel
zu verlieren
obwohl ich kein Ziel habe
keine Zukunft
und keinen Plan, keine Karte
das war gleich, denn ich wusste
dieser reißende Strom
das war
das war meiner
mein Strom

Dieser unberechenbare Fluss
ich konnte mich nicht verlaufen
denn das war die Strömung meines Willens
meiner Zukunft
ich werde sehen
wohin sie mich bringt

Jeder Deich
jede Hürde
ganz gleich
jede Bürde
macht mich reich
alles, alles sollte meins sein

Ich hatte mich gefunden
das Monster meiner Selbst entfesselt
das Biest entbunden
die Krallen gezeigt
würde mich nicht mehr biegen
nicht mehr brechen
nicht unterliegen
und wenn
dann will ich
ganz zerbrechen

Denn Unterwerfen nicht
nie wieder
unterwerfe ich mich
weil ich
bin ich, ich
und mein Strom
ist der Strom meines Lebens
so wie der Strom jedes Menschen
man würde in meine Natur eingreifen
mich zerstören
würde man mich unterwerfen
so wie so viele Menschen auf diesem Weg
zerstört werden

Keiner sollte sich zerstören lassen
denn das hat niemand verdient
man hat ein Recht auf Leben
Auf Leben
und Leben heißt
Gleichheit, Freiheit, Glück, Ausgleich
und Einigkeit
in Ewigkeit

## 12 Sechs Tage

Sechs Tage. Sechs Tage habe ich noch. Nicht einmal eine Woche. Dann wird sich wieder alles ändern, ich habe jetzt einen Job zu erfüllen, ja, ich habe auch einen Plan und ich habe auch Mut. Nur: Ich glaube nicht genug. Keine Angst, nein, die habe ich schon überwunden. Panik ist jetzt falsch gesagt, nein, ich fühle mich nur so wie in Trance. Alles so unecht und falsch hier. Wenn ich im Bett liege, denke ich nur noch daran, aber ich weiß wohl, dass ich, was ich zu tun habe, tun muss. Ich habe den Himmel erobert, doch er war viel zu kurz und hinter ihm wartet die Hölle, so zumindest kam es mir vor.

Ich blickte mich um. Alles war still, in letzter Zeit war es nur noch still. Tja, so sollte es wohl sein. Sechs Tage nur noch. Ein Freitag Abend. Wir werden zu einem Konzert gehen, als Geschenk für Jonny an seinem 18 Geburtstag. Ich fand Geburtstage immer so albern, es gab keinen rationalen Grund zum Feiern, man hatte nichts Besonderes geleistet und dann wurde man auch noch beschenkt. Doch in diesem Falle wusste ich zum ersten mal, was ein Geburtstag bedeuten kann, diese achtzehn Jahre. Das ist lang, aber auch beängstigend, ekelhaft kurz. keine richtige Zeit. Genug Zeit, um viel zu erleben, zu wenig um viel gelernt zu haben. Doch Jonny hat glaube ich viel erlebt und eigentlich auch viel gelernt.

Das waren die Gedanken, die mich in der letzten Zeit beständig beschlichen. Allerdings nur, wenn ich saß oder lag, nicht, wenn ich lief. Wenn ich am Laufen war, zur Arbeit oder sonst wo hin, wenn ich arbeitete, da fühlte ich mich dann so wohl wie nie. Ich hatte Angst, dass dieser Sonntag vorbeigeht, an dem ich einfach nur so dalag. Weil dann der Freitag noch ein Tag näher rückte. Es ist alles so weit weg nun, was soll das jetzt? Was kann ich noch tun ? Was kann ich noch tun, außer zu warten? Warten! Warten, warten, warten. Ich muss mich gedulden. Ich wünsche manchmal, Freitag wäre Morgen und dann denke ich an die sechs Tage und dann wünschte ich es wäre noch ein Jahr oder besser noch er käme nie.

## 13 Fünf Tage

Fünf Tage. Es war Montag. Montag. Na toll. Ich ging wie normal zur Arbeit, das heißt ich lief und kaum brachte ich meine Beine in Bewegung, war ich wieder weg. Besser als alles andere, was ich fühlte. Die beste Stressbewältigung. Hatte ich wenig zu Denken und wenig Probleme, dann lief ich wenig und umso mehr zu Denken und umso mehr Probleme, desto mehr lief ich, ganz einfache Rechnung. Ich rechnete mein Leben, ich war ein Realist geworden, meine Strategie mit allem fertig zu werden. Alles ganz objektiv betrachten, wie ein Roboter.

Ich bin sicher auf die Dauer ziemlich unlustig mit meiner Art. Aber so ist nun mal mein Plan und es funktioniert.

Ich wusste viel, nein, ich wusste alles besser. Ich konnte erklären, wusste, wo jedes Land auf dieser Erde liegt, konnte jeglichen Schulstoff aus meinem Jahrgang, ich war ein räumliches Vorstellungsgenie, ich wusste, wie der menschliche Körper funktioniert, wo jedes einzelne Organ sitzt und konnte deren Funktion ins Detail erklären. Es gab kaum eine Krankheit, mit der ich mich nicht beschäftigt hätte und die Geschichte unseres Landes kannte ich auch in- und auswendig. Ich wurde nach und nach zu einem wandelndem Lexikon. Wissen war meine Lösung für alles, alles wissen, alles erklären können, ich lernte mehr und mehr und hörte nicht auf, es war eine Sucht, wenn ich nicht arbeitete oder lief, musste ich lernen, schreiben, immer irgendetwas, denn sobald ich aufhörte, stürzte ich ab.

Nur durch dieses Prinzip konnte ich noch am Freitag- oder Samstagabend mit den anderen weggehen. Ich war von fünf Tagen Arbeiten so erschöpft, dass ich auch mal das Gefühl hatte, es wirklich verdient zu haben. Ganz salopp gesagt: Ich wusste, ich habe mein Bierchen verdient, egal wen Jonny oder sonst wer umgebracht hatte. Ich kam mir unschuldig vor. Abends in mancher ruhigen Viertelstunde redete ich mit Krisi und alberte ein wenig mit ihr rum. Wir alle gingen jetzt mehr uns selber nach. Wir versuchten mit uns selber einig zu werden. Wir alles sahen gezeichnet aus, wir hatten uns selbst gezwungen, uns unerfahrene junge Menschen, in kürzester Zeit fast unmöglich viel zu erleben. Das hat seine Zeichen hinterlassen. Jetzt sind wir alle in einer Art Selbstfindungsphase, damit jeder für sich zum Glück findet.

Kristen ging Arbeiten in einem Kindergarten. Auch sonst wurde sie sozial viel tätig. Es tat ihr wirklich gut. Sie übertrieb es nicht mehr so mit dem Alkohol und versuchte ihre Wutausbrüche unter Kontrolle zu halten. Dean meinte, sie würde zu einem Psychologen gehen, der keine Fragen stellt, aber ich wollte nicht so frech sein und danach fragen. Also redeten wir viel, aber meist über unwichtiges Zeug, und das war gut so, es war eine gewisse Entspannung für uns beide. Aber über uns haben wir noch nie geredet. Nicht einmal. Keiner hat es je angesprochen. Immerhin hatte ich sie geküsst, nein, wir hatten uns geküsst und ich wollte mehr und ich sah es auch in ihrem Blick, doch hatte ich auch Angst, dass es schiefgeht, dass wir so enden wie Jonny und sie. Diese Peinlichkeit, die immer zwischen zwei Menschen herrscht, die sich lieben und es hängt in der Luft: Wir lieben uns doch es hat nicht geklappt, wir haben versagt. Das wollte ich nie für uns, das sollte uns erspart bleiben.

Außerdem wissen wir beide, was Liebe heißt. Schön. Unendlich schön. Ohne Frage. Aber gefährlich. So gefährlich. Einengend, freiheitsraubend, so verpflichtend. Man muss sich so viel schwören. Und es ist nicht notwendig, denn wir haben uns bereits alles geschworen, was es gibt, und wir sind auch beide treu. Liebe würde unser Glück zerstören, sie ist zwischen uns, sie hängt immer im Raum, in der Luft, sie ist da wie eine Aura über uns. Die stärkste Macht. Zusammensein würde uns kaputtmachen, das kann ich nicht riskieren, nicht jetzt, wo alles immer besser für uns wird. Doch unausgesprochene Liebe ist da. Ihr vielsagendes Lächeln für mich. Ihr Lächeln in meinen Träumen, doch wir können den Abstand nicht überwinden. So bleiben wir immer voneinander abgeschlossen. Keine Berührungen, keine Bestätigung, keine körperliche Liebe. Es war das, wovon ich immer geträumt habe, ihre Liebe. Ich wollte sie glücklich machen. Aber es ist dennoch gut so. Denn vom Glück zu träumen ist im Moment viel schöner als zu riskieren, es endgültig zu verlieren.

Ich stelle es mir so oft vor. Ihr glückliches Lachen, wenn ich sie nehme, ihr Lächeln voller Lust, ihre blonden Haare und ihre Hände auf meinem Rücken. Die Lust wäre perfekt und ich weiß ich würde sie glücklich machen. Ich werde ihr dabei in die Augen sehen und sie soll durch ihren ganzen Körper meine Liebe zu ihr spüren. Sie soll zittern vor unbändiger, innerer Freude. Und ich werde gnadenlos sein. Sie soll alles bekommen! Es soll so extrem sein, dass sie es nie langweilig finden wird, dass sie immer mehr will. Ich weiß, ich würde es schaffen. Doch es ist eben nur ein Traum.

Und ich weinte innerlich, denn es war hart und gleichzeitig so toll. Ich verbrachte viel Zeit mit ihr, nahm sie in den Arm und spürte sie oft anwesend sein und sie wurde nicht langweilig und ätzend, wie es oft in Ehen der Fall war, nein, eben weil wir den Abstand, der zwischen uns wahr, nicht überwanden, hatten wir immer etwas, wovon wir träumen konnten, immer etwas, was wir uns aufbewahrten. Das war die Logik, dies war die Chemie. So blieb unser Leben im Gleichgewicht und es war auch so fantastisch schön. Mit ihr ist es immer schön gewesen und jeder Tag hier mit ihr hat sich gelohnt.

Tja und dann war er wieder da, der Gedanke an Freitag. Scheiße! Die Sache war gelaufen. Ich fragte nicht mehr, ob es wirklich sein musste. Es musste sein. Er wollte es so und er hatte Recht. Ich werde ihm diesen einen Wunsch erfüllen. Für seine an sich gute Freundschaft, dass er uns führte und für uns die beste Leitfigur war, die man sich nur vorstellen konnte. Dieser persönliche Kampf machte mir immer mehr zu schaffen.

## 14 Vier Tage

Vier Tage. Ich hatte in etwa nur noch vier mal
vierundzwanzig Stunden. Dann musste ich
noch einmal schauspielern und dann tun, was
getan werden muss.

Dean dagegen war wieder anders als Krisi und
Jonny. Er war eine gutmütige Helfernatur. Es
hatte auf mich nur den Anschein, als wäre er
mit sich selbst nicht so recht im Reinen und
konnte mit sich wohl auch nicht soviel
anfangen. Er half in einem
Gemischtwarenladen der strengen, aber sehr
netten, alten Besitzerin aus. Es gab nicht viel
Geld dafür, aber durch unsere Verdienste
bekamen wir mehr als genug Geld zusammen
und wir waren auch sehr sparsam. Er half
Kristen im Haushalt aus, bzw. er besorgte fast
den gesamten Haushalt alleine. Er machte
sauber und machte die Wäschen und jeden
Abend kochte er für uns alle. Jonny war für

alles Handwerkliche zuständig, Kristen für die Besorgungen und so lebten wir alle zusammen wie in einer richtigen WG. Außerdem half Dean einfach überall wo er konnte, ohne ihn würde der ganze Laden nicht laufen. Und wenn er nichts zu tun hatte hing er immer an Jonnys Fersen und ging diesem auf die Nerven. Man hatte das Gefühl er wollte alles, nur nicht alleine sein. Was ich gut verstehen konnte. Doch was ihn anging, hing eine weitere Wahrheit in der Luft, die wir, aus Respekt vor ihm, allerdings nicht erwähnten.

Dean ging nie zu Frauen, nicht einmal mit ihnen aus. Er mied sie direkt, er unterhielt sich mit Kristen so als wäre sie ein guter Freund. So sprach er, wenn er mit ihnen sprach, mit jedem Mädchen. Denn viel Kontakte hatte er in der Hinsicht nicht. Er beschäftigte sich nur mit Jungs und man spürte wie er Jonny vergötterte, er blickte ihn immer mit ganz träumerischen Augen an. Vielleicht wollte er deswegen auch nicht alleine sein. Ich störte mich sicher nicht daran, ich fand es mehr interessant, lieferte mir Stoff zum Denken.

Was mich besorgte, war diese Einstellung von

mir. Ich machte mir über alles Gedanken, doch wurde immer objektiver, sah alles durch eine Glaswand, fühlte mit, aber weinte nicht mehr mit. Ich hatte ein wenig das Gefühl, dass ich mich immer mehr von meiner Art entfernte. Aber meine Kreativität litt kein Stück, ich konnte so immer weitermachen. Es bedrückte mich nur insofern, dass ich besorgt war, den Draht zu meinen Mitmenschen komplett zu verlieren. Aber dieser Abstand war das, was ich brauchte, um meine Tat am Freitagabend durchzuführen. Ich setzte den Brief auf.

## 15 Drei Tage

Drei Tage. Drei Tage waren es nun: die Zeit, die mir noch blieb. Bei dem Gedanken an Freitag fing ich an zu schwitzen. Fing manchmal an zu zittern, doch dennoch, nicht aus Trotz, sondern einfach, weil es so war, würde ich meine Gefühle nicht als Angst beschreiben. Das war's nicht. Definitiv nicht. Ich konnte mich immer schwerer entspannen, aber es gelang noch. Im Laufen fand ich nach wie vor mein eigenes Heil. Das war gut, das tat mir gut. Alle anderen gingen ihrem Leben nach wie immer. Ich lief durch die Stadt und konnte gar nicht glauben, wie es sein konnte, das sie, all diese Menschen, wo ich doch hier einen so schweren Kampf austrug, gar nicht mitkämpften, nicht einmal ein bisschen.

Sicher, jeder führt irgendwie seinen ganz persönlichen Kampf. Aber kaum einer muss so leiden, so schwer tragen wie ich. Aber kaum einer hat auch erlebt, was ich erlebte. Ich glaube nicht, dass jemand unter diesen Millionen von Menschen das Leben aus dieser wahrhaftig fantastischen Perspektive sehen kann.

Der offensichtliche Alltag der anderen Menschen machte mich schon traurig. Es zeigte mir mal wieder, was ich war. Ein Insekt unter sieben Milliarden. Eine Heuschrecke, kleiner noch, eine Ameise. Und diese kleine, unfähige Ameise war wie alle anderen auf dem Weg, auf der Suche nach dem Glück.

Ich suchte nicht nur nach dem Glück, ich lief an dem Glück vorbei, fand und verlor es immer wieder so wie ein Portemonnaie, in dem alles wichtige für das Leben drin war. In dem alles Geld der Welt war, alles, was man nur haben konnte. Doch tollpatschig wie ich bin verlor ich es dennoch immer wieder. Doch ich war auch klug und ein zäher Sucher und ich gab nicht auf und fand es immer wieder. Genauso verlor ich es dann jedoch auch immer wieder. So war ich zusammen – und das verband uns – mit sieben Milliarden Ameisen auf der Suche, und wie so viele bemühte ich mich wiederzufinden, was ich verloren hatte. Oder nie fand.

Jeder Mensch kann unterschiedlich viel tragen und ich muss jetzt nun mal ganz besonders viel tragen können und das werde ich schaffen. Es heißt, eine Ameise kann das Zehnfache ihres Eigengewichts tragen und ich weiß, dass diese Ameise das am Freitag auch schafft. Ich werde es alles tragen, es alles ertragen. Und wenn nicht, bin ich verloren, genauso wie die restlichen sieben Milliarden minus eins.

# 16 Zwei Tage

Zwei Tage: Die Zeit, die mir blieb. Zwei Tage. Achtundvierzig Stunden. Zweitausendachthundertachtzig Minuten. Hundertzweiundsiebzigtausendachthundert Sekunden. Lange Zahlen, doch kein wirklicher Zeitraum mehr. Kaum noch Zeit zum denken. Kaum noch Zeit zu entspannen. Ich hatte schon abgeschlossen nach dem Motto: Egal jetzt, ganz egal, ich lass es einfach mit der Hektik, ich bewege mich jetzt wie ein Roboter.

Ich bin ein Roboter, alles egal jetzt. Du ziehst die Sache Übermorgen da durch, als würdest du 'nen Kaffe kochen und dabei bleibt es. Keine weiteren unnötigen Gedanken.

Tolle Strategie, echt cool, hat nur mal gar nicht geklappt. Ich war ein Mensch und eben keine Maschine. Ich konnte mich schlecht programmieren, dafür war man als Mensch zu intelligent. Ich versuchte innerlich durchzuatmen, doch dann bekam ich wirklich Panik, wenn ich die Unruhe in mir für einen Moment verdrängte, dann explodierte die

Panik, die ich bis jetzt gut unterdrückt hatte. Und dann wollte ich einfach nur noch fliehen. Dean und Jonny und Kristen würden sich fragen, wo ich bin und ich wäre weg, würde genauso weitermachen wie bisher nur ganz woanders, vielleicht könnte ich sogar in ein anderes Land. Jonny wäre enttäuscht von mir, aber was soll's. So, dachte ich mir, könnte es doch auch laufen. Ich traute mich kaum zu bleiben, aber wegrennen konnte ich auch nicht. Nicht nur, dass ich es mir nicht zutraute, das auch, aber in erster Linie konnte ich ihm das einfach nicht antuen. Nicht jetzt. Mir war wohl klar, dass er sich komplett auf mich verließ. Ich war es. Ich war es für diese Aufgabe. Das war mein Job, er hatte mich gewählt, weil er mir vertraute. Und das fand ich irgendwie toll. Das musste so sein. Zwischen uns war trotz allem so ein Band des Vertrauens entstanden. Dieses Band kann man nicht zerreissen. Er kam mir immer näher.
Er wurde zu einem Menschen und auch wenn ich ihn kannte, konnte ich ihn bewundern und war von ihm beeindruckt. Außerdem war es meiner Meinung nach besonders wichtig, dass man immer jemanden hatte, dem man vertrauen konnte.

# 17 Letzter Tag

Letzter Tag und ich saß wieder hier auf meinem kleinem Gipfel, dem höchsten Gebäude der Stadt. Mein kleiner persönlicher Himmel. Jetzt durchatmen. Der letzte Tag. Ich fing an, alles von Anfang an durchzuspielen. Unsere kleine Reise. Wir hatten gefeiert, ein Jahr nur gefeiert und gelebt. Und dann war es soweit gewesen, unseren Traum in die Wege zu leiten. Den Traum von der Freiheit. Jener, der nicht existieren sollte. Wir hatten ein Auto geklaut. Wir hatten die Kirche niedergebrannt, den Kopf genommen, den Kopf von Jesus Christus, den Kopf, der hier oben in meinen Schoß lag. Meine Beine baumelten über dem Abgrund. Ich spie aus, in die unendliche Tiefe zu meinen Fußspitzen.

Was war dann geschehen? Wir waren einfach auf in die Welt gefahren, wie ein kleiner Haufen Endecker auf der Suche nach der Ewigkeit oder einem neuem Land. Und es war einfach immer toll gewesen. Dann hatte sich Mark von uns abgewandt, Jonny hatte ihn verstoßen, tja, und dann hatten wir Dean zu uns geholt, was bis jetzt noch keiner bereute. Dann Flucht. Immerzu mussten wir sehen, dass wir schnell weiterkamen. Und jetzt waren wir hier.

Wir waren angekommen in dieser Stadt. In unserem Leben angekommen und mit uns einig geworden. Zumindest einiger als wir es bis dahin gewesen waren. Das war alles, es kam mir vor als hätte ich mein ganzes Leben in diesem Jahr gelebt. Die siebzehn vergangenen Jahre waren nichts dagegen. Das Eigentliche hatte ich erst in diesem Jahr erlebt. Im Moment war ich ganz ruhig. Ich sah die Steine und den Abfall auf dem gewaltigen, alten Dach. Blickte mich um, ließ mich ein wenig vom Wind streicheln und versuchte zu verstehen, uns zu verstehen.

Ruhe war wunderbar. Ich hatte das Gefühl, dass in diesen Minuten, in diesen Stunden gar, in denen ich hier saß, mich nichts verletzte und aufbrachte und alles an mir vorbeiging. Jetzt war alles ruhig. Keine Musik, die ich spürte und auch keine Magie mehr und trotzdem war es schön. Eine angenehme, erholsame, innere Stille. In der ich schwelgen und mich ausruhen konnte. Kräfte sammeln, ja, das sollte die Devise sein. Kraft musste gesammelt werden für den morgigen Tag. Für die nächste Zeit. Ich hob den Schädel zwischen meinen Beinen hoch und hielt ihn mit beiden Händen vor mir über den Abgrund, sodass ich ihm direkt ins Gesicht schauen konnte. Jesus, Gott, warum hast du ihn nicht beschützt? Gott, wo warst du? Warum hast du nicht all das Schreckliche verhindert? Oder wolltest du es so? Ist all das nur eine Probe? Eine Probe für die Menschheit, für die Menschheit und jedes andere Tier, jedes Lebewesen dieser Erde. Sollen wir vielleicht nur geprobt werden? Sind wir noch in der Entwicklung und sollen solange weitermachen, bis die Probe abgeschlossen ist? Hunderte, Millionen, Milliarden Jahre, bis die Welt mit allen Bewohnern vollkommen ist. Ausgleich und Fairness in allen Bereichen herrscht. Jeder Mensch ist gleichklug und jeder, jedes Lebewesen wird gleich berücksichtigt. Es herrscht dann absolute Gerechtigkeit. Was für ein toller Gedanke. Das ist unsere Welt, ein Prozess der Weiterentwicklung, bis zur Perfektion. Tja, Jonny würde der Gedanke sicherlich gefallen.

Jonny, ich dachte an ihn. Solange war er unser Anführer, mein Freund. Ich dachte doch wirklich, er wäre der perfekte Mensch. Dem einen, dem ich immer folgen wollte, ganz egal wohin. Das hatte ich mir geschworen. Ich kam mir vor wie ein kleiner Junge. Wir hatten an ihn geglaubt. Sein Charisma, seine Liebe, sein Wille und seine Stärke, das war das, woran er uns glauben ließ. Es war einfacher als an etwas Überirdisches zu glaube. An einen Gott oder was sonst, er war da, er war greifbar und aus Fleisch und Blut, mit einer echten Stimme. Einer Stimme, die Welten bewegen könnte. Einem Charakter, der alles befehlt. Das war er, das ist er. Ein Gott für uns Menschen. Ein menschlicher Gott. Einer, der Fehler machen konnte. Der nicht sinnlos predigte. Er war eine Legende und ich werde dafür sorgen, dass man ihn nicht vergisst. Das morgen wird nicht einfach nur eine Party, das wird Jonnys Andenken. Sein Nachlass bis in alle Ewigkeit, sodass wenigstens ein kleiner Funke da ist, an den man sich klammer kann. Ein Splitter von seinem Ideal. Von dem, an das er geglaubt hat, an das auch wir glaubten.

Ich musste lachen. Ein bisschen albern war das Ganze ja nun schon gewesen. Über mir der graue Himmel und unter mir die endlose Leere, endlos bis zu dem Punkt, wo das Grauen menschliche Gestalt annimmt. Wo alles ein Ende hat, wo ab einem bestimmten Punkt keiner mehr denkt, das sich das Blatt noch wendet und man aufhört an das Leben, an die Zukunft und sogar an Gott zu glauben. Armut gleich Hunger, Leid, Krankheit, Unbequemlichkeiten und unzureichende Versorgung auf der ganzen Linie. Das, womit man als Mensch einfach nicht leben kann. Zumindest nicht glücklich wird. Obwohl es Ausnahmen gibt. Ich hörte einmal von diesen Indern, diese Heiligen, jene, die das Indische Volk anbetet. Sie besitzen nichts und haben eine Regel. Sie verbringen ihr ganzes Leben in einer Position, sie bewegen sich nicht, sie schlafen nur und stehen an einer Stelle ohne sich zu bewegen, einen Muskel zu rühren. Wenn ich mich recht erinnere, heißt es, diese Männer stehen in direktem Kontakt zu Gott. Sie werden als Heilige verehrt. Sie essen fast nichts und haben keinerlei persönlichen Besitz und trotzdem sagen alle ihrer Art, dass sie total – und zwar absolut – glücklich seien. Darauf schwören diese Männer. Ich glaube sie heißen Hindus, die heiligsten Menschen des Landes, ihres Glaubens.

Und ein anderer, der mich am meisten faszinierte, war ein Wanderer, der sagte, er wäre zufriedener und glücklicher als jeder andere Mensch es sich nur vorstellen könnte. All seine Kraft und sein Glück und sein Wissen kämen direkt von Gott und er hat nie, nie daran gezweifelt. Er ist immerzu unterwegs und hat unglaublich viel gesehen. Er ist bereits sehr alt, ich weiß nicht, ob er überhaupt noch lebt, aber es gab diesen Mann. Keinen Besitz! Keine Familie! Keinen Besitz! Keine Freunde! Ein Leben, das wir uns wohl kaum lebenswert vorstellen können. Aber es geht! Wir leben von der Konsumfreude, von der Erholung, von unserer Routine, Bequemlichkeit, Liebe, Sex, Alkohol, all das spielt eine wichtige Rolle in unser aller Leben und es gibt tatsächlich Menschen, die ohne Konsum, ohne Bequemlichkeit leben können und viel glücklicher scheinen als alle anderen. Das wirft mein Weltbild ein wenig auseinander. Das sind Menschen, die alle logischen Gesetze durch ihre bloßen Taten in

Frage stellen. Dieser alte Mann, glücklicher als wir alle.

Aber was erzählte ich das Jesus. Er konnte das sowieso nicht verstehen. Ich warf den hölzernen Schädel ein paarmal in die Luft und fing ihn wieder auf. Das harte Gesicht, die verkrampften Lachfalten und die Dornenkrone. Er hing dort, in jeder Kirche, als Mahnmal an alle Christen vielleicht. Warum hing er dort, hätten sie ihn anders darstellen können? Lachend und glücklich. Er war sicher glücklich. Und diese Dornenkrone hat er nicht verdient. Er sollte auch nicht halbnackt sein. Frei, mit ungeschundenem Körper, in einem Gewand ohne Krone, sei's mit Dornen oder ohne.

Mir fiel ein, dass ich ein Taschenmesser in der Hosentasche hatte. Ich holte es raus und begann, ihn zu feilen und zu formen, so wie ich mir Jesus vorstellte. Die Krone weg. Die Schmerzen im Gesicht, deutlich zu erkennen, weg damit. Es verging einige Zeit, doch dann, mit ein bisschen Vorstellungskraft, sah Jesus wie ein würdiger, stolzer Jude aus. Glücklich, ein wahrer König. Was ihn auszeichnete, meinen Jesus: Er war unangefochtener König eines Volkes und das ohne eine Krone. So gefiel er mir. Ich wünschte manchmal, ich könnte die ganze Welt so nehmen. Ich nehme sie einfach, einfach in meine Hand, nehme mein Messer und schnitze sie so wie ich sie will. Perfekt. Aber auch falsch, es wäre diktatorisch die Welt einfach zu ändern, ohne zu fragen. Es wurde später und später. Zeit zu gehen, dachte ich mir. Ich stand langsam auf, drehte mich um und stolperte.

Ich fiel. Verdammt. Noch im Sturz wurde mir grausam bewusst, wohin ich fiel. Hinter mir der Abgrund. Unendlich tief. Die Hölle auf Erden, keine Chance auf Flucht. Ich überschlug mich, Panik, doch ich konnte mich an dem Sims festhalten – Krach – und der Stein gab nach und ich fiel. Ein Meter, zwei, drei, versuchte mich an alles zu klammern, was ich finden konnte und schaffte es, mich an einem gewaltigen Laken festzuhalten. Da fiel mir der hölzerne Kopf aus der Hand und stürzte in die Tiefe. Am liebsten wäre ich hinterher gesprungen. Ich wusste nicht, wie lange mich das Laken jetzt noch halten würde. Hochziehen oder versuchen nach unten zu steigen?

Ich sah nach unten, hunderte Meter steil Abwärts, einige Fenstervorsprünge, nur keiner in nächster Nähe. Abwärts hieß: freier Fall. Freier Fall hieß: Tod oder schlimmer. Kraftausdauer hatte ich vom Joggen, ich wog meine Chancen ab. Ob ich mich wohl an dem Laken wieder hochziehen konnte? Ich könnte versuchen, mich mit den Füßen an der Wand abzustützen. Ich stemmte meine Füße gegen die Wand mit aller Kraft und zog, zog mich hoch mit aller Stärke, die ich aufbringen konnte, die Stärke kam aus der Angst.

Der Tod, zum ersten Mal war ich ihm direkt ausgeliefert. Der Tod, dachte ich, nein, nein, nein, nein. Jeder Zug, mein Schweiß, jedes Mal, wenn ich mich ein Stückchen höher hievte, dachte ich: nein, nein, nein, nein. Der Tod, nein, nein, nein, noch nicht, noch nicht jetzt, noch nicht, nicht nicht. Und ich zog weiter, Stückchen für Stückchen, noch nicht, nein, nein, nein, der Tod, noch nicht. Bitte, bitte, bitte, der Tod, nein, nein, nein, noch nicht, noch nicht, bitte noch nicht. Bitte, bitte bitte, der Tod, noch nicht. Nicht sterben, bitte,

bitte, bitte. Das Ende des Lakens kam näher, von da aus noch ein guter Meter zum Dach, was sollte ich dann tun.? Nein, nein, nein. Bitte, bitte, bitte. Der Tod, der Tod, Tod, Tod!. Noch nicht, noch nicht, noch nicht. Bitte, bitte, bitte. Nein!

## 18 Heavens End

Gegen Abend kommt Jonny mit bester Laune zurück. Einige Tüten Marihuana dabei. „Das Zeug war spottbillig", strahlt er. Ich lache. Bald darauf kommt auch Dean zurück; sie ziehen sich um und dann fahren wir los. Ich zittere. Kristen entgeht es mal wieder nicht: „Was is' los?" „Weiß nicht", ist meine Antwort, ohne sie anzusehen. Sie zieht die Augenbrauen hoch doch sagt nicht mehr, die anderen kümmert es im Moment kaum. Ich bin nicht gut genug, um sie anzulügen. Sie setzt sich auf den Rücksitz zu mir, tauscht mit Dean, der liebend gerne neben Jonny sitzt, die beiden machen viele Witze auf der Hinfahrt. Kristens Blicke durchbohren meine Augen, wie immer, und mir wird einen Moment schlecht. Sie weiß, dass etwas nicht stimmt, oder weiß sie auch, was? Nein, das ist doch unmöglich. Doch sicher ist, es gibt jetzt kein Zurück mehr.

Wir finden erst keinen Parkplatz, wir parken etwas weiter von dem gewaltigen Platz entfernt. Ich steige aus, es kommt mir fast vor, als könnte ich meine Augen nicht mehr richtig kontrollieren. Abertausende Menschen sollen heute kommen, Musiker aus aller Welt treten hier und heute auf. Ich kann nicht aufhören zu staunen. Auf dem Festival sind Tausende. Es ist ein gigantischer Platz, umgeben von einer niedrigen Absperrung und vorne, gegenüber von uns, ist eine sehr breite Bühne. Wir rauchen ausgiebig das Gras und bald erhellt sich meine Laune. Kurz vergesse ich alles. Als die Musik beginnt, ist es um uns geschehen, wir tanzen wie die Wilden. Krisi zeigt den Männern all ihr Können, schnell versammelt sich eine kleine Schar Begeisterter um sie und pfeift und johlt sie an, klatscht vor Begeisterung.

Blues, Rock, Hard-Rock, Metal, Pop, es wird alles gespielt, ohne Regeln oder Reihenfolge. Heute ist alles erlaubt und man hat das Gefühl, dass die Stimmung nicht mehr zu toppen wäre. Die Bands und Künstler wechseln immer nach einigen Liedern. Manchmal kommt eine Anfängerband aus dem Publikum auf die Bühne geklettert und covert Bands wie die Beatles oder trägt selbstgeschriebene Songs vor, egal wer und wie gut, geklatscht wird heute bei jedermann. Unglaublich viele Sprachen und Länder sind hier vertreten und auch das Fernsehen und Presse sind hier und wir mittendrin. Es heißt, es wäre das größte Musikfestival des Landes in diesem Jahr. Über den Abend geschieht so viel, doch nichts kann die Laune brechen.

Um Kristen und Jonny ist die Menge in einen Tanzrausch verfallen, die beiden lassen sich komplett gehen. Sie springt auf und ab, in seine Arme und wieder zurück, dreht Pirouetten elegant wie eine Ballerina und dann wieder grob wie eine Anfängerin ohne Tanzerfahrung und alles sieht gut aus. Ich tanze mit einem mir gänzlich fremden Mädchen und wir haben viel Spaß, allerdings wird uns sicher nicht soviel Aufmerksamkeit zuteil wie Jonny und Kristen, aber was soll's. Das ist mir schon seit langem nicht mehr so wichtig. Jonny und sie drehen sich um die eigene Achse, tanzen einen einfachen Walzer und erheben ihn in zu einem hammerharten Tanz. Perfektionieren all ihr Können und lernen von sich selbst innerhalb von Sekunden, ich kann, obwohl ich sie schon so oft tanzen sah, den Blick nicht von den beiden lassen und all die Menschen um sie herum auch nicht, sie ziehen all die Blicke einfach an, als hätten sie es im Blut, die Stimmung nimmt kein Ende.

Als wären es Minuten, vergehen die Stunden und bald ist es nach Mitternacht. Jonny's achtzehnter Geburtstag. Wie ein Irrer lässt Jonny seine Arme auf und ab schlagen, doch es sieht fantastisch aus, so als wenn nicht er, sondern eine imaginäre Kraft sie bewegte und er willenlos in ihren Armen liegen und es ihm gefallen würde. Er lacht willig und glücklich und seine Augen sind gläsern und glücklich. Wie zum Schlage holt er mit den Fäusten aus, stampft dann bei einem harten Bass knallend auf dem Boden und schwingt sich dann mit Kristen wieder in die Menge und immer folgen viele Blicke. Am Ende ihres dritten Tanzes gibt Jonny ab, nimmt Kristen auf seine Schulter und wirft sie in die Menge, wo sie aufgefangen wird. Kristen kämpft sich von der Schar Verehrer frei, kommt zu mir und hält mir ihre Hand hin.

Plötzlich gibt es nur noch uns. Ich zögere, dann schlinge ich meine Arme um sie, fast gierig, als wäre es das, was ich immer wollte und Krisi und ich fangen langsam an und brechen nicht einmal den Blickkontakt ab. Ich komme mir wie ein blutiger Amateur vor, doch sie verwandelt mich in einen Profi, die Leute klatschen und zuerst denke ich, es gilt allein ihr, doch ich merke bald, dass ihr Applaus auch für mich gilt. Durch die Anfeuerung lebe ich auf, springe und rufe und Kristen sorgt dafür, dass alles im Gleichgewicht liegt. Unsere Füße blitzen nach vorne und zurück, wir drehen große Kreise und tauchen untereinander weg. Sie springt auf meine Schultern und tanzt auf meinem Rücken. Ich bin Wachs in ihren Händen und sie lässt das Wachs schmelzen, daraufhin wird das Wachs in ihren Händen rasch wieder zu einer Kerze, die sie dann wieder entzündet und innerhalb von Sekunden wieder schmelzt. So tanzen wir noch eine ganze Weile, ich merke die Erschöpfung nicht, obwohl ich meinen Körper sehr fordere, mein Herz pumpt, ich schwitze mehr denn je und dennoch merke ich noch keine wirkliche Erschöpfung. Als die Musik endet, umarmt Krisi mich und gibt mir einen langen sehnsüchtigen Kuss. Die Leute johlen uns zu. Ich bin so glücklich im Moment. Sie nimmt mir den Rest der Angst. Ich bin unbesiegbar geworden.

Auf einmal bricht die Musik ab und alles wird still. Die Leute sehen sich empört zur Bühne um. Warum die tolle Stimmung unterbrochen wird. Eine große Gestalt arbeitet sich zur Bühne hervor. Noch einen Moment, die Leute fangen schon an zu buhen, dann höre ich eine Stimme verstärkt. Ich kenne diese Stimme nur zu gut, ich könnte sie nie verwechseln. Ich brauche nicht hinzusehen, um zu wissen, wer das ist. „Guten Abend", sagt er langsam. Er wiederholt es mehrmals, die Leute drehen sich nach und nach zu ihm um.

„Entschuldigung, bitte verzeihen sie mir, ich weiß, die Regel des Abends ist harte, laute

Musik, doch wenn es ihnen nicht zuviel ausmacht, werde ich ein stilles Lied spielen, ein Lied der Erinnerung und der Liebe. Ich bin wie jeder von ihnen auch nur ein einfacher Gast hier. Der einzige Unterschied, der besteht, ist, dass ich heute Geburtstag hab', also wenn es recht ist, würde ich diesen Moment nutzen, um ein Lied zu Ehren meiner verstorbenen Tochter anzustimmen. Die bei der Geburt per Kaiserschnitt starb." Er erhält zustimmenden Beifall und Pfiffe. „Danke", er verbeugt sich. „Es ist mir eine Ehre."

Er hält seine Gitarre in der Hand und beginnt zu spielen, erst ein wenig unsicher, sodass nicht so recht eine richtige Melodie zu erkennen ist. Und dann hört man ein klares Intro heraus, langsam, schön und ruhig. Die Menschen halten Feuerzeuge hoch. Er wiederholt das Intro viele Male, bis er in seinen Rhythmus kommt und stimmt dann die Strophe an. Er beginnt zu singen, so wie er noch nie sang. Seine dunkle, schöne Stimme, kommt so zur Geltung und sie strahlt über den großen Platz, wird in jeder Ecke vernommen und aufgenommen! Die Menschen sind wie erstarrt vor Bewunderung.

Sie lassen sich durch Jonny's schiefe Töne
total berühren. Es ist nicht zu glauben.

Kleines, Kleines, Kleines
wo bist du hin
Kleines, Kleines, Kleines
sag mir, wo bist du hin

Ein paar Wochen
ist das jetzt schon her
und seitdem
vergeht keine Tag mehr
an dem ich nicht glaube
das Leben ist ein Geschenk
oder ein Tag
an dem ich nicht an dich denk

Nein, Kleines, du hast den Himmel nie
gesehen
durftest nie
auf einer grünen Wiese gehen
du durftest
nie lieben oder schreien
hast nie die wunderbare
Gabe gelernt, zu verzeihen

Nein Kleines
du hast meine blaue Welt nie gesehen
durftest niemals
niemals die Sonne sehen

Wer weiß
was das alles für gute Menschen wären
hätte man sie doch gebärt
das Mindeste, was jeder Mensch verdient, ist doch
das er wenigstens lebt

Nein, kleine Anna ich glaub nicht
für dich
ein Platz im Himmel
sowie auf Erden
gibt es leider nicht
die Reue zerreisst mich wie ein heißer Schrei
kleine Anna, es tut mir schrecklich leid

Dahin, dahin, dahin, dahin, dahin
da fliegt mein Baby dahin
ein Luftballon, auf dem ein Röntgenbild mit Name klebt
unter meinen heißen Blicken
in den Himmel schwebt

Dahin, dahin, dahin, dahin, dahin
da fliegen tausend kleine Annas dahin
ein Luftballon, auf dem ein Röntgenbild mit
Name klebt
unter meinen heißen Blicken
unter meinen heißen Tränen
in den Himmel schwebt

Ich hätte nur so gern gewusst
wie du aussiehst
was du magst
hätte dich gerne geliebt
an jedem Tag
hätte dich nie verletzt
dich nie bereut
wenn du mich bloß befreist

Einen Himmel für jedes ungeborene Kind
weil sie doch irgendwie
nie gewesene Menschen sind

Kleine Anna, wo immer du auch bist
du musst wissen
ich liebe dich …

Stille! Es ist komplett ruhig. Abgesehen von
einigen Schluchzern. Viele im Publikum

weinen, viele halten die Häupter gesengt, die Ruhe ist allgegenwärtig, manche Menschen beten auf dem Platz. „Danke", sagt Jonny dann. Und er verneigt sich sehr tief. „Wisst ihr", beginnt er, „ich habe sie nie gesehen und dennoch weiß ich, ich werde sie nie vergessen! Vielleicht ist hier auch jemand, der sein Kind verlor, und der ist jetzt angehalten, mit mir gemeinsam Tränen zu vergießen. In unserem Leben gibt es Dinge, die klar grausam und unumgänglich sind. Diese gnadenlose eiskalte Realität. Ich weiß nicht, doch ich glaube nicht, dass man etwas schlimmeres erleiden kann als ein Kind zu verlieren, eine Tochter zu verlieren, meine nie gekannte Anna zu verlieren. Doch es gibt auch etwas, was alles Dunkel, all die Grausamkeit in einem gewissen Gleichgewicht hält, das ist die Liebe! Lasst uns immer an die Liebe glauben, wenn wir sonst schon nichts mehr haben! Liebe soll unser Glaube und unser Halt sein."

Und dann, einem Donnergrollen gleich, bricht ein ohrenbetäubender Lärm aus. Der Jubel ist der größte des heutigen Abends. Die Leute schreien, johlen, klatschen und rufen den Namen, den Jonny seiner verstorbenen Tochter gab, Anna. Ich bin überwältigt und Jonny auch. Die Begeisterung der Menschen nimmt kein Ende, bis …

… Knall …

Ein grässlicher Druck auf meinen Ohren. Ich halte sie zu und höre es piepen. Umdrehen, halb taub suche ich nach der Ursache dieses Geräusches, panisch wird mir klar: Das klang wie ein Schuss. Und da sehe ich ihn wieder, den Mann mit dem dunklem Mantel und dem großen Hut inmitten der Menge, in der Hand eine Waffe, Dampf quillt aus dem Lauf. Die Menschen erstarren, einige schreien und zeigen auf die Bühne. Ich drehe mich um und sehe Jonny da stehen, wankend sagt er noch: „Danke!" Und er fällt zu Boden. Sofort stürzen Dean und Krisi zu ihm. Die Menge schreit auf, plötzlich übermannende Panik bricht aus. Die Menschen rennen in alle Richtungen davon.

Und ich, ich stehe nur da. Ich kann nicht glauben, was gerade geschieht. Dann sehe ich den großen Mann hasserfüllt an, frage mit schriller unwirklicher Stimme, einem Krächzen gleich: „Warum", ich schlucke,

„haben sie das getan?" Und er sieht mich an, eiskalt, direkt in meine Augen, ohne ein Zeichen des Verständnis: „Man muss für alle Taten im Leben büßen, junger Mann, und man kann keinen Pfarrer ermorden, ohne Buße zu tun. Jeder muss büßen, auch Jonny the Broker. Die Polizei wird auch bald hier sein."

Ich sehe ihn noch einen Moment an, fasse einen Entschluss, schreie, springe nach vorne und trete dem Großen in den Bauch, er fällt zu Boden, darauf drehe ich um und renne Kristen hinterher, ich fange sie im Laufen ab. „Hör mir zu." Sie wehrt sich. Sie schüttelt sich und versucht sich aus meinem Griff zu befreien. „Hör mir zu, Krisi, hör mir zu." Ich reiße sie herum und schlage ihr grob ins Gesicht. „Du und Dean, ihr müsst weg, ihr müsst gehen, wir treffen uns bei dem großen Kreuz am Stadtrand, ich passe auf Jonny auf." Sie will nicht hören, bis ich sie erneut herumreiße und ihr direkt in die Augen sehe. „Ich werde mich um ihn kümmern, bringt euch in Sicherheit. Bitte." Ein zweiter Schuss durchschneidet die kalte Luft.

Die Kugel durchschießt Kristens Arm von der Seite und fährt ihr tief in die Rippen. Ich schreie auf, die Verzweiflung übermannt mich so plötzlich, was sollen wir ausrichten gegen einen Mann mit einer Waffe? Einen Profi. Ich höre es pfeifen und ein Etwas trifft mich am Kopf, ich spüre wie die Haut reißt und Blut auf meine Nase tropft. War das eine Flasche? Vielleicht sind es mehrere Männer und die Polizei kommt bald. Ich habe Tränen der Angst und Verzweiflung in meinen Augen. Kurz entschlossen denke ich: Wir müssen hier weg und zwar so schnell wir möglich. Ich nehme Krisi auf meine Schultern und laufe los. Dean will mir folgen, doch ich schreie ihn an. „NEIN! GEH, BRING DICH IN SICHERHEIT. WIR KOMMEN KLAR. HAU AB!" Er sieht mir in die Augen, ich weiß, er will widersprechen, bis er meinen Blick sieht, er scheint zu merken, dass ich weiß, was zu tun ist. „Wir kommen klar, bring dich in Sicherheit!"

Ich renne weiter, die verletzte Krisi auf den Schultern. Auf die Bühne zu, sehe mich um, der Mann ist auf meinen Fersen. Ich stolpere und falle, raffe mich auf und laufe weiter,

weiter auf die Bühne zu. Überall Chaos und ich habe ein Ziel in alledem. Die Menschen sind außer sich, rennen wild durch die Gegend, trampeln sich nieder, wir werden nicht die einzigen Opfer des Abends bleiben, Schreie des Schmerz und der Angst erfüllen die grässliche aufgebrauchte, grausame Luft, in der die Angst, meine eigene Angst, greifbar, spürbar, wahrnehmbar wird und inhalierbar ist.

Weiterrennen, die Stufen hoch zur Bühne, direkt auf den am Boden liegenden Jonny zu. Ich renne zu ihm und knie mich nieder, Krisis Gewicht macht mir zu schaffen, doch das Training zahlt sich aus. „Lasst mich hier und geht", sagt er leise, als ich an seine Seite stoße. „Nein", wehre ich ab. „Du kommst mit!" Ich packe ihn und stelle ihn auf. Jonny stößt mich weg, ich sehe, dass sein Bein stark blutet, die Hose ist bereits total durchnässt. Was sind das nur für Kugeln? Er packt mich und sieht mich mit schmerzerfüllten Augen an: „Ich bleibe hier, am Ort meines Erfolges." Es wäre okay, es wäre okay, wäre doch gut, wenn es schon zu Ende gehen muss, dann so. An einem Ort, an dem er sein will, doch ich will es nicht, wieso, ist mir nicht ganz klar, aber ich denke, ich weiß es, ich will, dass wir zusammen untergehen! „Wenn, dann sterben wir gemeinsam und nicht alleine, nicht dafür sind wird durch die Hölle gegangen!"

Ich packe ihn, ohne ein weiteres Widerwort zuzulassen. Der meiste Teil unseres Gewichts liegt auf mir, wir humpeln so schnell wie möglich in Richtung Bühnenausgang. Die drei Türen, die wir hinter uns lassen, verbarrikadiere ich. Ich kann noch entfernt Schreie hören und wie jemand hart gegen die Tür tritt. Als wir nach draußen kommen, ist es schon fast hell.

Wir steigen in unser Auto und fahren los, ich habe zwar darauf bestanden zu fahren, doch Jonny fährt. „Alda, du kannst doch gar nich' fahren." Ein Auto folgt uns mit hoher Geschwindigkeit. Während Jonny fährt, kümmerte ich mich notdürftig um die Wunde. Schmerztränen drücken aus seinen Augen. Trotz der Schmerzen beißt er die Zähne zusammen. Ich binde das Bein ab, damit er nicht verblutet. Dann klettere ich hinten zu Krisi, die es am härtesten erwischt hat. Man sieht die Kraft direkt aus ihrem Gesicht schwinden. Ich helfe ihr so gut ich nur kann, doch es sieht schlecht für die aus, das weiß ich. Jonny versucht merklich sich noch zusammenzureißen und wenigstens uns außer Gefahr zu bringen. Er fährt weiter, zieht Haken und fährt Umwege, um den Verfolger, der sicher bald Verstärkung bekommen wird, abzuschütteln.

Ich kann nicht länger die Tränen unterdrücken, aber ich sehe etwas, das mich immer noch so freut. Ein Lächeln in Jonnys Gesicht. Kristen hält sich inzwischen nur mit Mühe bei Bewusstsein. „Halt durch", flüstere ich ihr zu und klettere wieder nach vorne. Jonny schluckt und sagt leise zwischen seinem Leid und den Tränen hervor: „H…hör mir zu Junior: Diese Reise war das Allerbeste, was ein Mensch erleben kann, das war unser Tripp, es war wundervoll, das war der schönste Abend in meinem Leben." Er hustet. „Das Alles, wir sind durch diesen einen Abend in den Herzen dieser Menschen unvergesslich geworden. Zu Lebzeiten werden viele, die dagewesen sind, diesen Tag nicht mehr vergessen. Und viele werden in langer Zeit noch davon erzählen. Da bin ich mir sicher. Wir haben den Menschen ein bisschen was von unserem Glauben, von der Freiheit mit auf den Weg gegeben und somit habe ich meine Aufgabe erfüllt, ich bin glücklich, sehr glücklich, das solltest du jetzt wissen!" Er sieht mich durchdringend an und ich weiß sofort, was dieser Blick sagen soll. Ich habe es geschafft, ich bin glücklich, alles, was ich tun musste, ist getan, jetzt ist es vorbei! Wir haben ein Ziel erreicht. Wir haben den Menschen gezeigt, was wir denken, wie wir denken und es zeigt mir, dass das doch alles einen Sinn hat und wir nicht vergebens auf diese Reise gegangen sind.

Wir kommen langsam aus der Stadt raus, von unserem Verfolger ist nichts mehr zu sehen. Nun ist der Zeitpunkt gekommen. Ich schnalle mich an, nehme die Spritze aus dem Handschuhfach und ramme sie Jonny in den Arm. „Verdammt, was ist das?" „Was gegen die Schmerzen", antworte ich ohne ihn anzusehen. Wir fahren weiter und kommen zum Stadtrand. Wir sind auf einer Landstraße. Rechts und links von uns zwei sattgrüne Felder, auf denen Kühe grasen. Jonny wird immer müder und nickt fast ein, als Krisi plötzlich schwach ruft: „Jonny, pass auf."

Jonny reißt die Augen auf, doch es ist schon zu spät, er fährt direkt auf einen Pfeiler zu und kann das Lenkrad nicht mehr rasch genug herumreißen. Ich drehe mich noch in dem Moment, in dem Krisi zur Vorsicht mahnt, zu ihr um und sage die ehrlichsten Worte, die ich je zu einem Menschen sagte. Als der Wagen schon abhebt, spreche ich. „Krisi, ich liebe dich." Sie blickt mich noch an, alles geht so langsam vonstatten und gleichzeitig so grausam schnell, ihre blauen Augen. Ihre Augen sind in meine gebrannt, für immer! Ihr letzter Blick!

Der Wagen überschlägt sich einmal, zweimal, dreimal, alles dreht sich, alles an Gefühl weicht aus meinem Körper. Das Auto schlittert über den Boden und bleibt am Straßenrand liegen. Nichts. Minuten vergehen. Benommenheit bestimmt mich für einige Minuten, doch die Realität, die unmittelbare Gefahr, ruft mich zurück ins Bewusstsein, die Stützstreben vom Dach knirschen, lange würden sie nicht mehr halten. Ich schnalle mich los und schlage mit dem Kopf hart an die Decke des Wagens. Kurz benommen, reiße mich aber zusammen. Ich zwänge mich aus der Wagentür, die sich immer mehr einbiegt unter dem Gewicht. Schaffe es gerade rechtzeitig rauszukommen. Stehe vor dem Wagen, als die Streben brechen und der Autokörper auf die Straße knallt. Niemand, der dort drin ist, könnte unter dem Druck des Gewichts überleben.

„Das war dein letzter Wunsch Jonny", flüstere ich noch. „Ich werde euch nie vergessen! Das verspreche ich!" Die Kladde in der Hand, leicht humpelnd, beginne ich meinen Rückweg. Ich werde zu seinem Kind gehen und ich werde mich um ihn kümmern, ihm einen Namen geben und er soll glücklich sein. Er wird es sein. Das schwöre ich seinem Andenken, dem großen freien Jonny the Broker!

Ich steh hier auf der Straße und bin
bin ohne euch
allein, ohne euch, eine Träne
doch keine Reue
niemand kann mir vergeben
doch es gibt nichts zu vergeben
denn du, du Jonny
du bist da, wo du hin solltest

das war, was du wolltest
nur ich, ich allein leide
denn ich bin alleine
ich hoffe nur so unendlich
für dich
du hast alles getan
alles was du wolltest
ich bitte, ich knie, ich flehe
die Zeit möge dir gereicht haben


Dein Opfer
dein Leben
doch du, du wirst ewig Leben
keiner mehr
kann dich zerstören
doch man wird noch immer
immer deine Stimme hören
du wirst ewig Leben


Lebewohl mein bester Freund
habe ein Leben, ein Traum mit dir geträumt
wir haben Tod gelebt
doch du, du wirst ewig Leben
den erst mit deinem Tod
fängst du an zu Leben

du warst es nie
doch mit deinem Ende
bist du es gewesen
bist du endgültig

Grenzenlos gewesen …

Ich dachte mir immer: Jonny und Kristen, die beiden waren wie Vögel. Sie konnten alles erreichen, was sie wollten und immer tun, tun was sie wollten. Ich will es nicht wahrhaben, doch sie konnten nie fliegen. Ich wünsche vom ganzen Herzen, sie hätten es gelernt.

Die Sonne scheint, es ist ein sehr schöner Tag. Vor allem auf dieser abgelegenen Landstraße. Vom Verfolger fehlt jede Spur. Ich ordne mein Hab und Gut und marschiere los. Zurück nach Hause. Diese Reise, was auch immer sie war, war wirklich grenzenlos gewesen.

Das waren tatsächlich seine letzten Gedanken. Dann traf ihn die Kugel am Kopf.

# Flieg Vöglein flieg, flieg Vöglein, bitte flieg

Ende. Das soll nun das Ende sein. Zu dem Zeitpunkt, an dem ich das hier schrieb, wusste ich noch nicht, wann das sogenannte Ende sein sollte. Ich verfasste diesen Text, damit er dann, wenn das alles vorbei ist, zum Schluss meines Buches steht. Schon seit so Langem war mir klar, dass es darin zum Ende kommen würde. Dieser Schluss. Es ist vorbei. Unfassbar. Ich meine all das, wirklich all das ist einfach vorbei. AUS! Der Gefürchtete, der Gehasste, das, wovor man täglich so unendlich viel Angst hat. Das sollte für uns die Lösung sein, für Jonny. Der Tod. Furchtbar. Mir macht es schon Angst dieses Wort allein aufzuschreiben. Und ich, ich werde leben, voraussichtlich. Ob ich dann noch leben will, weiß ich noch nicht. Doch ich werde leben. Es wird dann weitergehen. Ich weiß nicht, ob es dich erreicht, Kristen, aber ich werde dich immer lieben, im Leben wie im Tod. Ich werde dich immer lieben. Und eines noch. Mein Buch, sollte es je verkauft werden, dann schreibt nicht meinen Namen darüber, sondern den von Jonny.

### *Meilen*

Mein letztes Werk
das mein Leben
ich weiß, ich weiß
vorüber zieht

Wie ich merk
all mein Streben
ich weiß, ich weiß
zu Ende geht

Meine ganzen, ganzen Träume
das alles Geben
ich weiß, ich weiß
ich wache auf

Vorüber all die Freude
die Liebe
ich weiß, ich weiß
sie ist vorbei

Keine Zukunft, keine Reue
das alle Triebe
ich weiß, ich weiß
ihr Ende nehmen

Alles hat ein, hat ein Ende
Wind der Freiheit weht
ich weiß, ich weiß
er hört auf zu wehen

Eine letzte, letzte Wende
ich weiß, ich weiß
es ist zu spät
es ist die Zeit
Abschied zu nehmen

Es war soviel
waren unendliche
endlose Weiten
so viele Meilen

Herstellung und Verlag:
BoD - Books on Demand, Norderstedt
ISBN 978-3-7357-7544-3